KB247376

산상초원

ⓒ빗방울화석, 2009

산상화원

빗방울화석 시집 일곱 번째

빗방울
화석

시 앞에

천왕봉부터 따라온 얼굴들
한남금북정맥을 이루다 흐려진다.

마침내 고향에 내려와서
고향을 떠날 수 있었던 혜산 박두진
아직도 고향에 돌아오지 못하는 포석 조명희

칠장산 밤나무 밑에서 능선길 벌어지고
더딘 걸음에 빠른 걸음 뒤섞이고
머리끝이 흔들린다.

2009년 10월
빗방울화석 시인들

차례

4부 빛 혹은 모퉁이

5부 빗방울 새 잎

1부 파미르, 라키오트 협곡, 낭가파르바트

유속 외 7편

신대철

협곡을 끼고
인더스 강을 거슬러 오른다.

바위 그림과 흙먼지와 출렁다리
벼랑과 급류와 진흙탕 물빛

빙하의 물 치닫는 곳에서는
숨결 고르지 않아도
온몸이 유속으로 흐른다.

타토의 아이들

짚차 운전수는 기어를 틀어넣고
한가하게 벼랑길을 달린다.
사방으로 두 손 휘저어
왕파리 잡고 성냥불 피우고
고개 돌려 미소 짓는다,
모두들 천길 벼랑으로 떨어지다가
간신히 기어오른다.

돌 층층이 쌓아 올린 오버행 길 돌아 나오자 찻길
낮아지고 고도만 남는다. 타토*, 해발 2600미터, 흔
들리는 물돌 건너니 헐벗은 마을도 아득해지는 디
아미르** 사진들, 그 북사면 밑에 모음 자음 뒤엉킨
한글 낙서들, 아이들이 우르르 조랑말을 끌고 몰려
든다. 북사면을 보려면 요정의 초원***까지 말 타고
올라가란다.
만년설이 키우는 아이들, 하루에도 몇 번 고산을
오르내리는 아이들, 동화도 요정도 모르지만 산늪

과 초원에 불려 가는 촉촉한 눈빛들,

조용히 뒤따라오던 아이들이
말을 타고 먼저 산을 오른다.
아이들 몸에 잠겨 있던 산자락들이
능선을 이루어 올라간다.

아이들과 멀어질수록
눈앞에 땅만 보인다.

* Thatto. 낭가파르바트 베이스캠프(3967미터)로 가는 길에 있는 마지막
  마을. 1953년 낭가파르바트 독일 원정대가 이 마을을 거쳐 베이스캠프
  로 올라갔다.
** 카슈미르어로 '벌거숭이 산'이란 뜻인데, 잠무카슈미르 지방에서는 디
  아미르(산 중의 왕)라 부른다.
*** Fairy Meadows. 해발 3306미터에 자리 잡은 산상초원. 부근에 여름 방목
  지가 있고 전나무, 향나무, 히말라야 삼나무 등이 우거진 원시림과 산늪이
  있다. 초원에는 에델바이스 같은 고산식물들이 자란다.

요정의 초원*

인스부르크에서 왔다는 금발 노인이 숲과 초원의 경계에 가족 텐트를 치고 슬며시 들어간다. 한동안 부드러운 말소리 끝에 쉿, 쉿 소리 흘러나오다 그치고 샛노란 아이들이 쏟아져 나온다. 구릉부터 점점이 샛노랗게 물든다. 납작하게 엎드린 에델바이스 꽃술에도 살짝 노란 물이 든다.

길 잃은 당나귀 앞세워
여름 목장으로 가던 소년도 주춤거린다.
수런대는 아이들을 따라 늪으로 내려간다.

'어딜 가니?'
소년이 묻는다.
'요정 보러!'
아이들이 입만 벌려 소리 없이 대답하고
일제히 파미르 순례자들 틈으로 끼어든다.

순례자들은 아이들 사이에 피어난 보랏빛 야생화에 홀려 간다. 요 별꽃들 좀 봐, 구절초 옆에 백조자리 은하수처럼 은은히 떠오르는 별꽃들, 무슨 별이지? 무슨 별이지? 머리 부분은 3등성 알비레오 별꽃? 아, 그때 세계의 지붕에 앉아 무엇을 들으려 했었지? 희미한 천체 속으로 한없이 홀려 들어가다 순례자들은 하나씩 처녀애 목소리로 바뀌어간다.

'봤지?, 야생화에 숨어 있던 요정이 몰래 목소리를 바꿔놓은 거야. 나중엔 모두 꿈꾸는 아이들이 될 거야.'

눈 꿈벅이는 아이가 텐트 쪽을 보면서 멋적게 웃으며 말한다.

'요 동네 요정은 착한 요정이래. 사람한테 홀리면 사랑하기도 한대.'

노랑머리 아이가 속삭이듯 말한다.

아이들이 우우우 숲 속으로 들어간다. 늪 주위는

고요해진다. 순례자도 처녀애도 보이지 않는다. 소년이 아무리 소리쳐도 발자국 하나 돌아오지 않는다. 돌아 나오는 길을 잊은 것일까? 쿠르룽 쿵, 빙하 속을 울리는 물소리에 취한 것일까?

원시림 위로 설산 떠오르고 아이들이 바람을 몰고 다시 돌아온다. 바람 앞머리에서 영영 사라진 소리들이 되울린다. 풋풋한 소년의 목소리 되울리기 시작하자 아른아른 실려 오는 향긋한 목소리들, 그 뒤에 붙어 오는 파미르, 파미르, 고원에 떠다니는 흰 구름 그림자!

소년이 씽긋 웃으며 당나귀와 나란히 구릉을 넘어간다.

* 낭가파르바트 베이스캠프로 가는 길에 있는 산상초원, '페어리 메도우'. 해발 3306미터.

그 사이

눈앞은 초록빛, 귓속은 풀벌레 소리, 불볕이 내릴
수록 냉기는 뼛속으로 스민다. 누가 문을 두드린다.
문을 열자 길을 잊은 듯 웬 노인이 고개 한 번 숙이
고 누군가를 부른다. 둔덕 위의 오두막에서 젊은 부
부가 튀어나온다. 묻지도 않았는데 아버님 나이가
일흔 넷이고 페어리 메도우가 소원이라 모셔 왔단
다. 카쉬미르에서 페어리 메도우까지? 설산이 아니
고 초원을? 노인은 조심스레 다가와 환하게 웃는
다. 얼굴 가득 주름 잡히는 웃음, 쉴 새 없이 분쟁에
시달린 사람은 누구나 극지의 초원을 그리워하게
될까?

구름 그림자 몇 번
인기척 지우다 가고

눈안개 걷히면서 대칭을 이루는
삼각형 낭가파르바트와

원뿔형 히말라야 전나무 숲

그 사이, 얼핏 마주치는
무슬림 부자의 온화한 눈에서
막, 한 아이가 초원으로 굴러 나온다.

막, 구르는 저 눈부신 초원의 빛!

헤르만 불

헤르만 불*은
지평선에서 오는 마지막 빛으로
낭가파르바트 정상에 올라
만년설에 피켈을 꽂았다.
1953년 7월 3일 7시

지평선에서 오는 마지막 빛으로
현장 증명사진을 찍고
혹독한 어둠 속에서
급사면을 내려오다 비박,
낭떠러지에 기대어 선 채
수수께끼 같은 그림자들에게
끝없이 말을 걸었다.

졸음이 와, 저절로 눈이 감겨, 몸은 얼어붙는데 내
가 보이질 않아, 여기가 어디지? 확보용 자일도 없
이 암벽에 붙어 있다니! 여기가 8000미터 고도라고?

별하늘을 봐. 어둠이 환해지지? 큰곰자리와 북극성을 찾아봐. 곧 동이 틀 거야, 저 멀리 힌두쿠시와 카라코람 산맥이 보이고 라키오트 빙하 끝에 초원도 보일 거야. 타토 쪽으로 흘러가는 물줄기도 하얗게 보일 거야. 인더스 강줄기들은 은갈치 비늘처럼 반짝이겠지? 숨소리도 부드러워질 거야. 잠들면 안 돼, 조금, 조금, 더, 힘을 내, 티롤을 생각해봐, 꿈꾸던 나이에 어디 있었는지. 티롤을 생각해봐, 푸른 빙벽을 타며 무슨 꿈을 꾸었는지, 이제 그 꿈 한가운데에 있는 거야. 마침내 여기 인류의 첫발자국을 찍은 거야. 어둠을 가르고 지평선이 떠오르고 있어.

헤르만 불은 혼잣말을 하다가
눈 처마 옆에 누가 있는 듯
슬며시 말 건네며
빙벽과 설원과 검은 점
환청과 환각 사이에 길을 내며

스틱 두 개와 아이젠 한 짝으로
죽음의 지대를 벗어났다.

산 중의 왕, 낭가파르바트
헤르만 불이 사투 끝에
정상에서 가져온 것은
금빛 왕관이 아니고
절대고독에 도전한
얼음 낀 대기의 얼굴과
우주의 맥이 뛰는 심장과
아내에게 줄
만년설이 품은 돌 하나.

* 헤르만 불(Hermann Buhl, 1924~1957)은 오스트리아 인스브루크에서 태
어나 알프스의 난벽과 난봉들을 오르며 등반 수련을 하였다. 1953년 헤
를리히 코퍼가 이끄는 독일–오스트리아 합동 낭가파르바트(8126미터)
원정대에 참가하여 단독으로 등정, 8000미터 최초의 단독 초등자가 되
었다. 그 후 1957년 브로드피크(8047미터)를 초등한 뒤 딤베르거와 초
골리사에 도전하였다가 폭풍설과 눈안개 속에 철수하던 중 눈 처마 붕
괴로 추락사했다. 저서로 『8000미터 위와 아래』(김영도 역, 수문출판사,
1996)가 있다.

낭가파르바트 밑에서 1

빙하 끝은 모레인 지대
얼음에 진흙물에 돌 구르는 소리
도처에서 온 산악인들 설선을 넘어가고
나는 산자락을 끌고 침낭 속으로 들어간다.
설선이 발바닥에서 머리끝까지 오르내린다.
오르내릴 때마다 땅기운이 빠져나간다.

눈발이 날린다, 설선에
머메리*가 왔다 간다.
마제노패스를 넘어
눈보라와 실버원정대를 이끌고
한왕용이 왔다 간다.
'검은 고독 흰 고독'**이 왔다 간다.
잿빛 고독만 남는다.

마침내 고소***가 온다.
밤새 눈사태 이는 고소에 올라

산 아래의 기억을 지운다.
발밑에서 벼랑이 올라온다.
쑥쑥 낭가파르바트가 올라온다.

허공에서 매운 내가 난다.

* 앨버트 프레드릭 머메리(Albert Frederick Mummery, 1855~1895)는 등정
  주의 대신 '보다 어렵고 다양한 루트'로 오르는 등로주의를 주창함.
** 라인홀트 메스너(Reinhold Messner, 1944~)의 낭가파르바트 무산소 단
   독 등반기이다. 그는 이 책에서 "고독은 두려움이 아니고 나의 힘"이라
   고 말한다. 검은 고독이 절망 상태의 두려움이라면 흰 고독은 자유, 혹
   은 새로운 힘이다.
*** 고소증.

낭가파르바트 밑에서 2

매리설산, 카일라스, 마차푸차레
오를 수 없는 성산들 잊어버린 채
어느새 노인에 이르렀다.
두 발로 보고 듣고 생각하고
두 발로 무슨 시를 써왔는가?

두 발 맥없이 멈춘 곳에 불쑥 다가오는 메마른 빙
하, 시원에서 물 한 잎 물고 오는 검푸른 얼음새들,
어디선가 푸르릉 날개 소리 울린다. 물기 없이 빙퇴
석이 젖어든다. 눈사태, 눈사태, 꼿꼿이 서 있어도
배낭이 기운다, 텅텅 빈 몸속에서는 숨은 해와 비아
그라 달그락거리고 챙 없는 모자에 하얗게 달라붙
는 소금기, 굳은 발바닥을 쿡쿡 찌르는 돌덩어리와
열기만 남은 욕망들.

두 발 디딜 수 없는 곳에서
온몸으로 보고 듣고 생각하다

운무 속에 묻어나는 낭가파르바트에
온통 숨이 막힌다.
두 발로, 언어로 쓰지 않고
낭가파르바트로 시를 쓴
온몸의 시인 헤르만 불을
나도 모르게 머리 젖혀 바라본다.

성산(聖山)을 돌고 온 듯
내가 황홀하게 사라진다.

파미르 고원에서

톱날 능선 스러지고
품 안에 드는 눈 봉우리들

마침내 파미르에 왔습니다. 쿤자랍패스*를 오른
국경 버스가 황황히 떠나는 고원 사막은 춥고 빙하
와 구름만 흐릅니다. 일 년 내내 눈발 날리는 이곳
은 지상에서 가장 높은 국경, 그냥 머무는 곳이 아
니고 다시 살기 위해 오르고 다시 살기 위해 넘어가
야 하는 곳입니다. 흙가루를 뒤집어쓰고 양 떼도 제
초원을 찾아가고 있습니다.

언제나 한 번도 가보지 않은 곳을 고향으로 여기
고 그곳에서 살다 가신 아버지, 아버지의 파미르는
카라쿨 호 쪽인가요? 아니면 천산천지 혹은 이시쿨
호 그 어느 쪽인가요? 거기서는 갈등 없이 우주의
파동을 타고 살 수 있나요? 아버지의 상상 행적을
더듬다 보니 대류권에 들어온 듯 제 몸속으로 아버

지가 들어오십니다. 구릉에 덮인 은백색 눈, 둥근 이마에 서리던 뜨거운 숭늉김, 할머니가 저 몰래 주신 밀빵을 제 주머니에 찔러 넣고 앞서 가시던 아버지, 펄럭이는 옷자락과 산자락을 지우며 눈안개 속으로 사라졌다가 불쑥 파미르에서 내려오시던 아버지, 그곳이 한평생 할머니가 받들어 모신 마고성은 아니었겠지요? 아버지의 유품엔 4341만 남아 있더군요. 그 단기 연호가 파미르로 들어가는 암호는 아니었겠지요?

고향을 그리워한 혜초 스님은 와칸 회랑을 지나 파미르를 넘었어도 끝내 계림으로 돌아가지 못했지만 아버지는 칠갑산 양지바른 곳에 돌아와 계십니다. 그날 우리 형제들은 유언하신 대로 가묘 봉분 꼭대기에 아버지의 혼을 모셨습니다. 꾀꼬리봉과 마주하는 곳, 아버지가 명당이라고 지목하신 바로 그 자립니다. 그 옆 가묘는 그대로 비워두었습니다. 답답하시면 그 옆으로 나앉으시지요. 바람 불지 않아도 새소리에 실려 솔향기 솔솔 퍼집니다.

  여길 떠나면 아버지처럼 저도 눈안개 속으로 한
동안 사라졌다가 파미르에서 내려오겠지요. 아버지
앞에 불쑥 나타나 파미르 소식을 전해드리겠지요.
파미르는 외계라고, 지유(地乳)**도 없고, 말하기도
웃기도 숨 쉬기도 어려운 곳이라고. 이제 고원 사막
을 넘어 칠갑산 우리 곁에 아주 머무셨으면 좋겠습
니다. 아버지, 그리운 아버지.

---

* 쿤자랍패스(Khunjerab Pass)는 카라코람 하이웨이 중 가장 높은 고개. 해발
  4693미터, 정상에서 파키스탄과 중국이 국경을 이룬다.
** 신라 19대 눌지왕 때의 충신 박제상의 『징심록(澄心錄)』「부도지(符都
  誌)」는 인류 탄생 신화를 밝히고 있는데 이에 의하면 한민족은 파미르
  고원 마고성에서 왔고 거기서는 지유(地乳)를 먹었다고 한다.

히잡*이 느슨하다 외 6편

장윤서

라호르 시내

남자들.
바삐 이동하는 남자들.
웃는 남자들.
화를 내는 남자들.
담소를 나누는 남자들,
남자들. 하지만

간간이
여자, 그나마
히잡에 갇혀 있는 여자.
매혹적인 긴 목이
웃음 띤 탐스런 입술이
머릿결이, 목소리가
있는지 없는지 알 수 없는 여자.

그래도 저 눈빛!
오래된 남성들 틈에서
수백 년 동안
끊임없이 히잡을 넘어갔던
봄날의 두드림.

살라미르 정원

정복에 목마른 제국의 왕을 위해
악사들의 과장된 선율이 흐르고
수백 개의 분수가
미친 듯이 물줄기를 뿜어댔을 이곳.
제국은 무너졌어도 정원은 보존되고
왕들은 사라졌어도 남성은 다시 살아나는데

잔디밭 한복판에서

히잡을 푼 젊은 여성들이 공놀이를 한다.
배 나온 관광객이
흘러온 공을 공중으로 힘껏 내던진다.
공이 떨어지기 한참 전부터
여성들은 열 손가락을 허공에 열어두고
열어둔 손보다 먼저 함박웃음을 낸다.
웃음 따라 이리저리 튀어 다니는 공.

한 꼬마 숙녀가 나에게 윙크를 한다.
나도 엉겁결에 잊혀졌던 윙크를 꺼내본다.
그렇다, 어떠한 신도
종교도 혁명도
나를 이렇게 들뜨게 하지는 못했다.
진정한 변화는 그렇게 오는 것이다.
전쟁에서, 피의 냄새 따라 오지 않고
왕과 영웅의 혀끝에서 나오는 게 아니라
공놀이에서 오는 것이다.

배 나온 관광객을 바라보는
호기심 가득한 눈빛에서 흐르는 것이며
꼬마 숙녀의 윙크에서 갑작스럽게 오는 것이다.

이제는
입장료 몇 백 루피에
문을 여는 제국의 정원.
뙤약볕
분수대는 메말랐어도
여성들과 아이들의 웃음소리로
정원은 무지개 그늘을 만들고 있었다.

* 아랍권의 이슬람 여성들이 머리와 상반신을 가리기 위해 쓰는 가리개.

두세 발걸음의 기적

　여기는

　모래바람이 홀씨인 곳. 조용히 번져가는 산그림
자에도 자욱하게 흙먼지가 일어나는 땅입니다. 남
자들은 일상인 듯 아무렇지 않게 흙먼지의 길에서
하는 일 없이 서성이거나 게으른 낮잠을 이룹니다.
여자들은 그런 자욱한 남자들 때문인지 땔감을 가
득 지고서 길 밖으로 집 안으로 몸을 감춥니다. 듬
성듬성 자리 잡은 풀꽃들도 모래바람에 그 색을 잊
어버리는 여기는, 여기는 아이들의 웃음 속에도 모
래 가루가 서걱일 듯하고 만년설이 녹아 흐른다는
인더스 강의 색깔처럼 희망도 잿빛일 것 같은 황폐
한 곳입니다.

　잿빛 인더스 강을 가로지르는 다리 위를
　파키스탄 남녀가 건너고 있었습니다
　손을 잡고 있거나
　두런두런 이야기를 나누고 있지는 않았지만

여자는 남자 쪽으로 빨간 히잡을 날리고
남자는 여자를 신앙인 양 따라가고 있었습니다

두세 발걸음,

알라신만큼의 거리?

그대들의 사랑으로
만년설이 녹고 있다고 믿고 싶습니다
두세 발걸음 그대 때문에
서로가 흙먼지 속에서도 길을 잃지 않고
두세 발걸음 앞, 태어날 그대들의 아이들이
모래바람을 꽃바람으로 불게 하고
전쟁의 바람을 내전의 먼지를
남자의 폭력성을 조금씩 잦아들게 할
기적을 만들어낼 거라 간절히 믿고 싶습니다

기적은 향기로운 풀꽃에서 나오는 게 아니지요?
모래바람과 흙먼지의 길에서 나오는 것이겠지요?

아직은 잿빛을 움켜쥐고 있는 곳, 하지만
기적은 매일 일어나고 있습니다
일상을 살아가는 것이 기적인 그대들에게
알라신은 보란 듯이 또 하나의 기적을 행하십니다
인더스 강으로 흘러드는 노을
잿빛 인더스 강이 분홍빛으로 두근거립니다

물병 하나

인간의 시간 밖으로 솟아오른 산.
열네 가지의 악몽 중 하나를 거느리며
신의 영역에 도전하는 인간에게
인간으로 내려가라고
가혹하게 각인시켜준다는 산.

그래도
그래도
꿈꿀 수밖에 없는 산.
산의 침묵을 조금이라도 들어본 이라면
인생의 마지막 산행에
그 악몽이 펼쳐지기를
바보처럼 바보처럼 고대하게 하는 산,
저 낭가파르바트.

만 년의 시간은 흰 빛이 되나.
두 눈에 차고 넘친 저 만년설이

나무숲을 흔드는 바람으로
절벽 아래 몰아치는 물소리로
페어리 메도우* 가는 길에 가득하다.

고소가 왔다.
신은 이 높이에서부터 서서히
머리와 심장에 고함을 질러대기 시작한다.
저 멀리 빙하 지대를 건너가던
미래의 내가 보이지 않는다.
헤르만 불의 첫발자국도
라인홀트 메스너의 고독의 색깔도 지워지고
낭가파르바트에 다가간다는 흥분도 사라진다.

갈수록 뚜렷해지는 건
대신 들어준 일행의 배낭 무게.
심장이 순간순간 멎으며
갈 곳 잃은 발걸음을 더 힘겹게 한 건

신도 아니었고
악몽도 아니었다.
일행의 배낭,
물병 하나.
물병 하나만이라도 내려놓고 싶었다.

낭가파르바트를 배경으로 사진을 찍는다.
낭가파르바트 몰래
흐느끼고 싶었다.

* 해발 3306미터에 위치한 낭가파르바트 베이스캠프로 가는 길에 있는
  산상초원.

레이디핑거*

6030미터
눈도 쌓이지 않는 여인의 손톱
그 손톱에 두 눈을 할퀸 한 형은
마음속으로나마 등반 루트를 잡아본다

옆 숙소에 미모의 여성들이 왔다고 한다
무관심한 척, 가지 않았다

천둥이 설산을 울려댄다
소나기와 모래바람이 몰아친다, 문득
보지도 않은 그 여성들의 손톱이 보고 싶었다

먹구름 속에 가려진 레이디핑거
오라고, 한번 와보라고
손가락을 까닥이고 있는 것 같다

* 파키스탄 훈자에 위치한 고봉으로 산의 모양이 여성의 손톱같이 생겼다
  하여 붙여진 이름. 한국인에게는 아직 미답봉이다.

사랑하든가 폭탄을 들든가

쿤자랍패스를 지나며

이 세상에
한가운데란 없어
멈춰 있는 바람은 없어
국경도
통과하거나, 돌아서거나
잠시 머무르다 가야만 하는 곳
국경 한가운데
집을 짓고 살 순 없어

한가운데는 잠시뿐
국경을 지나려 해도
파키스탄 청년들과 더덩실 춤을 추거나
서너 차례 중국 군인들과 실랑이를 벌여야 해
국경의 에델바이스, 만년설하고도 잠시
벅차거나 두려운 마음 사이에서도 잠시
분노와 희망 사이에서도 잠시
끝인지 시작인지, 그 사이에서도 잠시

국경을 떠나갔다면
사랑하든가 폭탄을 들어
어설프게 사랑하려면 폭탄을 품고
뇌관이 녹슬었다면 누구에게나 사랑을 터뜨려

신의 국경이 아니라
인간의 국경은 지워져야 해

파미르 고원에서는

4693미터 쿤자랍패스
파키스탄 국경 지나 중국이었습니다
주위는 온통 만년고원
쿠차에서 또 한 번 터졌다는 폭탄* 소리도
간간이 들려오던 베이징 올림픽 소식도
파미르 고원 어디에서도 들리지 않았습니다

고열, 기침에 깨질 듯한 두통이 왔습니다
고소를 없애려 비아그라를 먹었습니다
시커먼 매연을 뿜어대는 25인승 낡은 버스처럼
내 몸은 가래 낀 숨만 몰아쉴 뿐
두 가지 감정을 빼고서는
내가 나를 가지고 있지 못했습니다

증오했습니다
검사대에서 킬킬거리는 중국 군인들과
저 이슬람 사람들의 국적을 중국으로 만들고

스쳐가는 꼬마 아이들의 돌짐을 방관만 하고 있
는 누구,
보이지도 않고 알 수도 없는 누군가를 말입니다
시(詩)가 폭탄이 될 수는 없을까요?
어디에 있습니까
위구르의 시인들이여
인간의 국적을 가진 중국의 시인들이여

누군가를 증오하는 건 쉬웠지만
나를 증오하는 건 어려웠습니다, 그래서
미안했습니다
그들을 위해 아무것도 할 수 없는 내가
감히 고원의 열병을 앓고 있다는 게,
보이지도 않고 알 수도 없는 그 누군가가
나일지도 모른다는 생각에
역시나, 보이지도 않고 알 수도 없는 누군가에게
끝없이 펼쳐진 고원만큼 미안했습니다

증오와 미안함이 고열에 뒤섞이고

고소로 심장이 턱턱 멈출 때마다

버스 창 밖으로 유르트**가 보였습니다

저 유르트로 들어가 무한히 위로받고 싶었습니다

유목민 누군가 고원의 노래로 오랫동안 다독여준

다면

욕망 덩어리인 머리와

부풀어 오른 성기가 잘릴 것만 같습니다

그 후, 홍역을 막 앓고 난 소년처럼

두근대는 심장만을 가지고서

잔잔한 지평선을 나침반 삼아

보이지도 않고 알 수도 없는 그 누군가를 찾아

고원의 노래를 함께 들으려

파미르 고원에서 평화롭게 길을 잃고 싶습니다

* 무차별적인 한족 이주 정책과 위구르인의 종교·문화를 무시하는 중국
  에 대항해 분리 독립을 주장하는 위구르족 무장 조직들이 벌인 저항운
  동이다. 지난 10여 년 동안 260여 차례의 사건이 일어났다.
** Yurt, 몽골어로는 게르(ger). 중앙아시아 유목민이 거처하는 천막 같은 집.

자정, 우루무치행 열차에서

8월 18일 23:00

우루무치행.
쿠차를 출발한 열차는
천산을 넘기 위해 힘겨운 경적을 울립니다.

열차의 종점이 어딘지는 구태여 묻지 않았습니다.
여행 가이드, 연변 출신 동년배 김 씨는
동거 중인 임신한 여자 친구를 이야기합니다, 덜컹
일찍 돌아가신 아버지와
제주도에서 간병을 하신다는 어머니
덜컹 덜컹덜컹

8월 18일 23:20

덜컹 덜컹

덜컹덜컹
좋습니다, 우리가 같은 민족이라고 합시다.
그러면…… 무엇이 달라집니까?

체념도 분노도 아닌 것 같은 그의 질문
창밖은 어둠으로 가득 차 있습니다.
덜컹, 대답이
덜컹덜컹, 하나도 보이지 않았습니다.

8월 17일 15:00

쿠차행.
중국 공안들이 짐 검사를 합니다.
그들의 얼굴 모두, 중국에서 오진 않았습니다.
빨간 완장을 찬 위구르족 공안들
위구르인들에게 물병에 든 물을 먹어보랍니다.

무표정입니다.

똑같은 표정을 하고 있던 승객들
공안이 지나가자 다시 이슬람풍 노래를 틀어놓고
빵을 뜯거나 몸을 뒤척입니다.
우루무치에서 일곱 시간을 더,
석유가 난다는 크라마이에서 식당을 할 거라고
그 희망을 중국어로 말하는 위구르 가족들.
가족들 틈, 고요하게 파란 눈을 가진 소녀의 무표정

폭탄 같았습니다.

8월 18일 자정 19일

열차는 천산을 끼고 도는 듯했습니다.
칭얼대는 아이를 어르는 중국인 아빠

어색한 인사를 하며 지나가는 승무원
순찰 중인 위구르족 공안과
여자 친구와 통화하는 김 씨.
모두가 잠든 이 시간에
깨어 있는 이들도
굳이 창밖의 어둠을 보려 하지 않았습니다.

지금은 대체 몇 년도인 건지
크라마이는 만주? 북간도?
우리 할아버지들의 완장은 어떤 표정이었고
우리 할아버지들도 일본말로 희망을 얘기했을지
김 씨와 나는 어떤 관계이고
저들과 우리의 아이들은 다음에 어떻게 만나게
될지

열차가 목적지를 향해 간다는 것만 알고 있었지
우리 모두는

어디를 지나치고 있는지 알 수 없었습니다.

2부 백두대간에서

산상초원 외 1편

신대철

"눈, 눈, 산상초원"

첫눈 생각이 문득 멈춘 곳으로
물길 더듬어 소백산을 오른다.
산 깊이 오를수록
풀숲으로 들어간 물소리는
풀벌레 소리로 흘러나온다.

두둥실 떠오르는 주목 군락에
빗방울화석 같은 고요

대간꾼들은 비로봉을 안고
초원을 굴러 내린다.
풀빛 쏠리는 분지에 아이들만 남는다.
누군가 가만히 아이들을 들어 올려
구름 위에 얹어놓는다.
산상초원이 흐른다.

"눈, 눈, 산상초원,,, 바람 높이 부는 그대 꼭대기에서 그대를 몰고 가는 이 누구인가?"

웅웅거리는 산

저 살다 가는 길 모르는 게 인생? 콧노래로 '하숙생' 흥얼거리며 산모퉁이 돌아가던 아저씨가 되돌아온다, 고장난 차 밑으로 얼굴을 들이밀며 바윗길에선 바위를 타고 넘으라고 강원도 산길에선 조인트가 문제라고 굵은 철사줄 건네주고 솔밭으로 올라간다.

흥겨운 아저씨 발길에 망설였던 길 다 딸려 보내자 하늘 트이는 대간길, 나무와 바위 사이 산목련 몇 송이 벌어진다. 그 위 황소 등줄기 같은 태백산, 그 위 사슴 머리 같은 함백산, 구룡산 정상은 바람 한 점 없이 볼록한 능선만 남는다, 신선봉 깃대배기봉 지나 슬며시 솟아오르는 천제단

도화동은 지도에만 붙어 있고
필승사격장* 상공에선 느닷없이
괌에서 오키나와에서 온
제트기 편대 점점이 떠오른다.

기총소사에 미사일에 흙먼지
따따따따 쾅!

배낭 걸머진 채
사람들은 천제단 앞에 엎드려 있고

대간이 흔들린다.
숨은 봉우리들이 웅웅거린다.

* 영월군 상동읍 천평리에 있는 국내 최대 종합전술사격장. 1981년 건설
  당시부터 지금까지 미군과 협약을 맺어 공동으로 사용하고 있다.

백두고원

김일영

기억 저편에 있는 그대를 불러내
자작나무 숲 속 나란히 걷다가
백두고원에서 그만 길을 주고 싶다
들어가면 귀가 멀 것 같은 고원의 고요
자작나무 자작거림은 고요 속으로 사라지고
하얗던 마지막 능선마저 햇빛 속으로 잠기면
백두고원에 남은 건 그대 생의 열망들

백두산 넘어온 햇살을 하루 양식 옥수수 한 움큼
만큼 손에 쥐고 북쪽 산자락쯤에서 초병의 눈을 피
하며 "살아야 한다" "아들이 있다" 스스로에게 주
문을 걸며 두만강을 넘어 용정으로 청도로 다시 심
천으로 몸을 낮추었는데 고향에서 폭력을 일삼던
남편의 제보로 강제 북송되었다고

빛의 알갱이들이 살아야 하는 사명처럼
백두고원에 쌓이는데

하늘에 그대 얼굴 나타났다 지워지며
남겨지는 아이 하나

한 아이가 뛰어가는 백두고원
개마고원까지 환하다

지리산을

손필영

초여름 물안개가 올라갑니다,

그때 몇 년 전 한 시인이 물길에 휩쓸려 갔다던 뱀
사골에서 당신을 처음 봅니다, 산사태 흔적을 간간
이 지나 당신을 느껴봅니다, 두려웠습니다, 당신은.
안개 걷히고 빗속에 서 있는 당신은 순결한 입김
처럼 다가왔습니다. 그 후 노고단으로 실상사로 반
야봉으로 이름도 모르는 들판을 가로질러 당신이
내려오는 자락으로 기웃거렸습니다, 하동 들녘에
서, 섬진강에서 만난 당신은 어머니처럼 품이 넓었
습니다, 당신이 안아줄 것 같아 나무와 새와 바위와
같이 오르내렸습니다. 당신을 만나고 콘크리트 숲
으로 돌아오면 조금씩 가벼워지는 내가 기다리고
있었습니다.
자욱한 안개 속 어느 날 당신의 푸른 기운 속에서
매운 기운이 번져 나왔습니다, 이 기슭, 저 기슭, 비
트, 루트, 버려진 밥숟갈 같은 목숨들이 뒹굴었던

계곡, 바위, 대숲, 이현상. 아, 당신이 오랫동안 묻어둔 것이 보이기 시작했습니다. 당신은 어둠을 아파하며 꼭 안고 계셨습니다. 자세히 보니 온통 당신 몸엔 그들이 찍혀 있었습니다. 당신은 영혼의 지리산이 아니었습니다. 죽을 수 없어, 어쩔 수 없어 살아가는 자들의 지리산이었습니다.

높고 맑은 산을 오르고자 하는 자를 밀어내고
덕유산으로 오대산으로 오르는 자를
길들이는 지리산이여
영혼만으로는 깃들지 못하는 지리산이여
핏빛 안은 백두산을 향해 솟구쳐 오르시라

솜다리꽃

조재형

구름체꽃 피기 시작하는
천화대 암능
산안개는
잦은바위골, 설악골로
잔잔히 흘러내리고
산봉우리 하나씩 피워냅니다

범봉, 희야봉, 왕관봉

피어나는 산봉우리를
오르내리는 그대 이름
불러봅니다

그대가 보내는 연두빛 메아리
은은히 들려오고
절벽 틈틈이 움츠렸다 피어나는
솜다리꽃

속리산 고욤 외 1편

천왕봉 가는 길

윤석영

태양이 뜨겁게 타들어갈수록
빨갛게, 샛노랗게 터져 나오는 빛깔

빛깔에 이끌려 울긋불긋한 대목리 산비탈로 들어
선다. 양지바른 곳에 키 큰 고욤나무 한 그루. 집은
온데간데없고 집주인도 온데간데없고 사람 살던 흔
적들만 여기저기 돌조각으로 널려 있다. 고욤나무
에 걸린 햇빛과 바람이 주홍빛 고욤을 하늘 높이 매
달고 있다. 일행은 고욤나무 곁을 지나 속리산으로
깊어지고, 늦가을 홍시처럼 익어가고

햇빛이 바람에 흔들릴 때마다
툭-툭-, 떨어지는 고욤
대목리를 발갛게 물들이고 있다

동행

대간길

저게 거북바위네, 코끼리바위네 하면서 우린 서
로를 향해 환하게 웃어댔다. 월영대에서 얼음지치
기하며 깔깔대는 동안 굴곡진 삶들도 얼음 바닥처
럼 편평해졌다.

흙과 돌과 나무, 햇볕과 바람이 한데 뭉쳐 있는 거기
(분명 그곳의 시간은 멈춰 있었던가? 아직 사랑할
시간은 남아 있었던가?)

대야산 정상에서 밀재로 가는 길, 가파른 비탈마
다 든든한 밧줄이 걸려 있다. 길 밖으로 튕겨져 나
가도 길 안으로 붙잡아주는 팽팽한 밧줄, 발목이 삐
끗할 때도 온몸이 절벽 아래로 굴러떨어질 때도 마
음과 마음으로 엮어내는

밧줄에 기대어 대야산을 오르내리는 내내
대간길은 혼자 걷는 길이 아니었구나.

함몰지

눈빛

박성훈

텐트 치다 눈 마주친
염소 떼 놀라 달아난 곳
자병산 능선 길엔
함몰지 따라 안개가 몰려다닌다

물통 들고 숲을 나오자
안개 속에 낡은 집 떠오르고
주름진 텃밭에 주름진 할머니 한 분
선뜻 수돗가를 내주신다
딴생각처럼
후투티 한 마리 날아가고
평생 일구셨다는 함몰지에
할머니 눈빛 닿는다
빈 물통에 차오르는 물
그윽하다

(얼마쯤 가라앉아야

저 눈빛 알 수 있을까)

달아났던 염소 떼 줄지어 걸어 나온다
촉촉한 안개에 몸이 감긴다

금강초롱꽃

이석철

안개 자욱한 산길
앳된 얼굴, 수줍은 인사
강철이 금주 수현이*

머뭇거리며 쳐다보던 나어린 동생들
눈빛 스쳐갈수록 연보라 금강초롱꽃이 핀다
마음속에서 투명한 리듬 소리가 맺힌다

혼자 피면 너무도 자그마해
어떤 소리도 울리지 못할,
하나만 곁에 더 달려도
종소리 화음 소리 황홀해지는 금강초롱꽃

철이야 금주야 수현아
너와 잡은 손에서 소리가 난다,
너와 마주 보며 부른 노래는
육성이 아니라 체온으로 전해진 화음이었구나

같이 걷고 같이 노래 부르고 같이 눈 마주치던 은
사류에서 금강문에서
  그래 저리 꽃이 피었구나
  생각만 해도 노랫소리 울리는구나
  몸속 깊은 곳에서도 방울 소리 여울지는구나

* 빗방울화석이 주관한 〈백두대간 금강산 시화전〉에서 만난 금강산의 안
  내원 동생들.

지리산행 권유 외 1편

장윤서

초행이라도 좋지요 빗속이라도 따뜻하지요
아, 그래요? 동행이라면 더더욱 좋지요
지정석 없이 지리산행 입석권을 머금은
풀이며 꽃이며 안개며 비바람과 함께 흔들리다
보면
누가 먼저랄 것 없이
사람을 만나지요

지리산은 사람에게만 그 먼 길을 허락하여
젖은 신발로는 머물지 못할 곳이 없고
젖은 마음으로는 스며들지 못할 사람이 없지요
비록 폭풍우가 천왕봉이 올 길을 내어주지는 않
았어도
괜찮지요 화이트 소주와 함양산(産) 돼지고기로
비 새는 민박집에서 조심스레 말문을 트이노라면
여기도 천왕봉이지요

토끼봉 허리춤 구름 어딘가에 메아리 숨겼던 이
들이여 마음만은 천왕봉 정상으로 올랐던 이들이여
어디쯤에서 산행(山行) 아닌 인행(人行)이었습니까
연하천 산장 아침 식사쯤? 노고단 미끄러운 비탈길
쯤? 밤 열차에서 뒤엉켜 자던 선잠 어디쯤?
　지리산 물집을 달고 온 서울역에서 못다한 종주
는 시작됩니다 얼마나 많은 물집을 마음에 달아야
할 지 가슴은 또다시 두근댑니다

어때요? 지리산은
젖어 있든 말라 있든 곁에 있든 멀리 있든
사람과 몸을 섞고 사람을 품고 있으니
가자구요
그렇게 망설이지 말고 한번 가자니까요
무궁화호 열차를 타고 지리산으로
지리산 산길에 실려 사람에게로

살얼음

대야산 용추계곡에서

1

춥구나. 혼자될 것 같다. 춥구나? 무엇이? 마음을
웅크려본다, 그대들 조심스레 얼음길을 더듬어 나
갈 때. 겨울바람은 얼지 않아 더 차갑구나.

2

한켠으로 뭉칠 힘도 없구나. 응어리질 것 하나 없
구나. 내 이리 흙탕물로 분분거림은 고여 있어 그렇
다네, 그대들 곁에 서성거려 그렇다네.

'미안하다' '사랑한다' 세차게 흐르지 못하고 살
며시 띄워보네, 얇디얇게 얼려보네.

3

그대들, 이제 주머니에서 손을 녹여도 좋으니, 애

써 잡아주지 않아도 되는구나. 그대들 손끝에서 난 다시 녹아 분분거릴테니, 괜찮구나. 두 손 넣고 환히 웃고만 있어도 괜찮구나. 차라리 이대로 꽝꽝 얼어 그대들 안으로 한없이 미끄러질까나.

3부 한남금북정맥으로

삼파수 외 11편

신대철

대간길은 암릉에서 암릉으로 뭉쳐가고
빗방울은 남한강, 금강, 낙동강*으로 흩어지고

연리지 꼭대기 잎새들의 물결 소리는
서해 개펄을 향해
천왕봉 바위틈으로 흘러내린다.

어느 산 어느 강줄기에서도
속봉우리 내미는 독립봉 하나
가만히 다가온다.

칠갑산
꾀꼬리봉,

아버지의 무덤**이 내려다보이는
아버지와 처음으로 핏줄을 잡고 기어오른

지상에서 우주로 돌출한 나의 아버지의 아버지의
뒷동산.

* 천왕봉에서 떨어진 빗물이 백두대간, 한남금북정맥을 기준으로 동쪽은
  낙동강, 남쪽은 금강, 서쪽은 남한강으로 흐르는데 이를 가리켜 삼파수
  (三派水)라고 한다.
** 당시 가묘였지만 일 년 뒤에 아버지는 돌아가셨다.

말티재 1

속리산 들머리는 물, 염소, 구름
한 해 지나 말뚝을 도는 구름

사방에서 온 사람들이
천왕봉에 삼각점을 이루다가
물소리 희미한 모천을 찾아
삼파수로 갈라진다.

속리산 주능선과 멀어질수록
몸은 한가롭고 마음은 가파르다.
잠긴 산들이 올록볼록
한 줄기로 올라온다.

천축에서 돌아온 의신 조사가
흰 노새에 불경을 싣고 넘었다는 말티재,
의신 조사는 재 넘어 법주사를 창건했지만
나는 상고암 목재로

영혼이 깃든 시 한 채 지을 수 있을까.

흩어진 걸음 사이사이로
바람이 드나든다.
천왕봉 밑에서 묻혀온
송이 포자들 날린다.

수준점

말티재 2

말티재 수준점을 보는 순간
인천시 중구 항동 1가 2번지,
수송기(C-45) 녹슬어가는 좁은 언덕
그 아래 수준원점 원형탑이 떠오른다.

방황하는 아들이 표고를 잡던 곳
몇 년째 긴 골목을 뒤져
방 하나 빌리고 이삿짐 나르고
밀물 썰물에도 흔들리는 표고점을 보며
원형탑을 빙빙 돌았다.
기울어진 소나무에 기대어
언제나 부드러운 얼굴을 생각하며
아들을 기다렸다.

내 원점은 피붙이였을까?
핏줄 거슬러 오르면
아버지도 나도 아들도

정처없는 피 한 방울?

원점을 물에서 피로
풀로 흙덩이로 옮기며 가는
고요한 산길,
가라앉은 목소리에서
우러나오는 아찔한 흙내

말티재에서 좌구산까지는
내 안으로 길을 내며 가고 싶다,
호미곶 같고 이원만 같은 능선길
조금 더 깊게 구부리고 구부려서.

북상골

사람 하나 살지 않는 북상골이
복사꽃 환한 골이었다는군요.

뒤돌아볼 데 없이
사람 막히고 길 막힌 이들
야밤에 아이 업고 보따리 이고
갈 수 있는 데까지 걸어 들어간 곳

복사꽃 햇빛에 복사꽃 새소리
그곳이 화전민 마을이었다는군요.

물 굽이굽이 돌아가는 곳
그 어디에 세상이 붙어 있든
잊으려고 불 지르고
잊으려고 화전 일구고
아이와 함께 설레는 마음으로
목청 석총 꿈꾸다

침과 나무 가루와 허공으로 접착된
빈 벌집 같은 꿈속으로 들어가
돌아 나오는 길 지워버린 이들
복사꽃 햇빛에 복사꽃 새소리 남기고
소리 없이 땅바닥에 스민 움막들.

그 꿈속으로 들어가지 않으면
북상골 화전민을 찾을 수 없다는군요.

지도 위에서 문득

장구봉, 탁주봉, 시루산 돌탑봉

달천이 남한강으로 달려나가는 동안 우리는 지도 위에서 문득 길을 멈춘다. 갈참나무 사이로 물결 들결 겹치자 황금빛 배어나오다 지워진다, 새소리, 초가을

그 옛날 곰들이 놀았다는
곰쟁이로 흐르는 발길들
안부 가까운 비탈길에 모은다. 큰 소나무 아래 바람이 맵고 서늘하다. 등줄기에 맺힌 땀방울이 마르지 않고 눅눅해진다. 폐기된 산제터*에 무슨 기운이 도는가.

누군가 새로 놓은
돌담과 제단과 엎어진 시루
누군가 새로 놓은

천신만신 같은 장난감 인형들

잎 흔들릴 때마다
화살볕 내려 꽂히는
중티리 입구에는
시루떡 지고 오르내리던
노인 몇 지도 속으로 들어가고
강원도 어디 더 깊이 숨으려고
지도 속에서 막 나오는 수철령 무수목 사내

구겨진 지도 펄럭 펄럭거리고

* 마을의 화합과 화평을 위해 정월 초사흗날 지내던 중티리 산제는 유신
시대 산림정화 운동으로 산제당이 강제 철거되면서 중단되었다고 함.

오장환 생가

쌍암재에서 1

구룡산 상봉 가까운 갈림길에서
내리막길 막 쏟아져 내리면
덧댄 치맛단 같은 개활지,
군데군데 주름잡힌 묵정밭엔
노릇노릇 꽃 피는 도깨비바늘

회인, 내북을 가르는 쌍암재에서
우린 마루금 끌고 회인골로 내려간다.

동네 애 어른 할 것 없이
그 옛적 솜방망이불로 고기잡았다는 회인천을 따
라 세 골 바람이 울부짖는 곳, 겨울엔 뼛속까지 후
려치는 눈보라에 울면서 다닌다는 저 위숲머리에서
아래숲꼬리로, 하마실에서 마평으로, 주막 자리에
서 망월천으로, 적막한 향교와 풍림정사와 인산객
사로 황황히 떠돌다가 우린 혈혈단신이 되어 골목
길로 들어간다, 빗줄기 타고 내리는 휑한 햇빛에 잔

잔히 떠 있는 초가집 하나, 안온하다.

'날쌔고 말수 적었던 산골아이 오장환' *

그는 다만 눈보라가 함박눈이 되기를 바랐을 뿐
그는 다만 오래된 도판 하나 바꾸고 싶었을 뿐
다가가면 도깨비바늘도 국화과 초롱꽃목
바늘 감추고 겸연쩍게 혀꽃 내미는 야생화라고.

* 1984년 여름 혜산 박두진 선생님을 따라 남한강 돌밭에 갔다가 들은
  말. 당시 혜산 선생님은 안성 초등학교 동창생인 민사장과 어울려 탐석
  을 하셨는데 이따금 어린 시절로 돌아가 동창들 별명을 부르며 즐거워
  하셨다.

두루봉 동굴

쌍암재에서 2

기다리고 가지 않아도
언제나 우리에게
오고 오는 한 아이, 흥수아이*

쌍암재 넘어 문의면 두루봉에는
사슴뼈 쪼아 만든 인물상과
4만 년 전 한반도의 첫 핏줄
흥수아이의 동굴이 있다.

오륙 세 쯤 되는 아이
석회암 낙반석 위에
반듯하게 누운 채
고운 흙과 꽃가루로 덮인 아이

수명이 십수 년인 구석기에 오륙 세면 꿈꾸는 나이? 꿈이 무서운 나이? 그땐 뒤돌아보지 않는 발길도 꿈길이었을까. 둥둥거리는 가슴을 쿵쿵쿵 발자국으로 누르고 눌렀을까. 옆 동굴에서 옆 동굴로 아이들 불러내어 하얀 뼛속의 영혼도 불러내어 춤추고 노래하고 사냥 연습도 하였을까. 씀베 찌르개로? 피 흩뿌리는 짐승에 고통도 느꼈을까.

　시현 부락에 들어갈수록 나즈막한 언덕과 초원, 물안개와 물길은 상상 속으로 흘러들고 고함 소리, 돌 깨는 소리. 눈앞에 불쑥 다가오는 으깨진 동굴과 황량한 회색빛 노천 광산. 둔덕엔 흙과 돌과 뿌리 뽑힌 나무를 밀며 포클레인이 오르내렸다.

　골반과 안짱다리는 여자 아이
　튀어나온 쇄골은 남자 아이

　시간은 흐르고 흘러
　이 지상에 다시 불려온 아이가
　여자 아이에서 남자 아이로
　다시 중성으로 바뀌는 동안

탄광은 폐기되었고
동굴은 물에 잠겼다.

비가 온다, 빗속에 비가
몸속에 홍수아이가 들어온다.
꿈도 유전되는가?
나는 어둠 한복판에
간신히 왼발 디디고 오른발 내밀고
조금씩 기운 도는 대로 움직여 간다,
뒤돌아보지 않고.

* 1982년 12월 5일 두루봉에서 아이의 유골을 처음으로 발견한 김흥수
(한흥 문의광산 전무)씨의 이름을 따서 홍수아이로 불린다. 발견 당시에
는 소녀 또는 여자 아이로 발표되었으나 시간이 지나면서 남자 아이로
바뀌었다가 마침내 중성이 되었다. 홍수아이 조각상에 아랫도리가 가려
진 것은 아직 성별 논쟁이 진행 중이기 때문이다.

국사봉

아무리 높아도 둥글둥글한
그게 그 산 같고
그게 그 재 같은 능선에서
개미취 어수리 구절초 따라
낙엽송 숲 속으로 들어갔다.

왼쪽에서 왼쪽으로 산허리 겹겹
한없이 돌아 나오면
끊지 못한 세상 열기도
잘 말린 비수리, 한련초 냄새가 나고
어느새 왼쪽이 오른쪽으로 바뀐다.

깊은 품 안에 들었다 나와
동네 이름을 물으니 오, 도화리

뒷동산에서 뒷동산으로

도랑에서 장대로 얼음장 밀고
작은 산모퉁이 돌아
들판 질러가는 시냇물에 이르면
거기 반짝이는 은빛 해
가슴에 굴려 뒷동산에 올라가고
팽나무 잎 날리는 바람모지에 불려가다
공연히 두근거리는 몸 숨기려고
뒷동산으로 올라가고
조약돌과 물결과 구름을 주고
홀연히 사라진 목소리들 불러내어
속으로 울려고
뒷동산으로 올라가고

뒷동산이 무엇인지 모르고
올라가고 올라가고

아직도 뒷동산에서 뒷동산으로 올라가는

일행들 갈라 놓고
산악자전거 일렬로 달려간다.

상당산에서 낙가산으로, 다시 것대산으로

건너뛴 한 구간

조명희의 「경이」에 붙여

   건너뛴 정맥 이으려고 진천 국도로 들어섰다. 안
개 자욱한 산능선보다 먼저 떠오르는 조명희. 추석
지나 한가한 군청, 뒤편, 이면도로, 어둠 속에 묻히
는 벽암리, 어린 칠석*이가 날마다 들판에서 묻혀
온 생기로 황금빛 우주를 꿈꾸고, 공손하게 조금씩
꿈 굴려가다 돌덩이만 남는 우주를 뜨겁게 달궈 밤
마다 끌어안던 그 숫말 그 옛집엔 담장도 밤나무도
없고 돌가루에 쓰레기 더미에 구겨진 선물 포장들.

   깃들 곳 없는 길가
   이백 년 된 느티나무 품에서
   나는 폭탄이 되겠다던 로사**를 생각하다
   천길 발길을 돌리는 순간, 삑 하고
   하이빔 켠 차 멈췄다, 남은 말 폭발시켜 가고

   눈보라, 눈보라, 그리고 시베리아
   이름만 울려도 사람과 말 사이

살얼음 잡히는 흑룡강, 연해주 일대
그 어디에서 그대는 '짓밟힌 고려'*** 넘어
'영원의 빛'****을 찾으려 했는가.
고려인 강제 징용자 가족들
모스크바, 사할린, 하바롭스크에서
70년 만에 영구 귀국하는 명절에
그 빛으로 살고 그 빛으로 죽은
망명자의 귀향길엔
우주의 숨결밖에 없는가.

건너뛴 한 구간
간신히 우주의 숨결로 이어 붙이고
한남 금북 분기점으로 가는 길
묵언 마을 초입부터
밤송이가 쏟아진다.

* 조명희의 아명. 조명희 부친이 칠순에 얻은 아들이라 하여 붙여진 이름.
** 「낙동강」의 로사(박성운의 애인).
*** 조명희의 시 제목.
**** 조명희 시 「나의 고향이」에서 인용.

칠장산에서

콘세트 작업실 1

금광 저수지 느티나무 옆을 지나
담장 사이로 구불구불 들어가면
맨 끝집이 혜산 선생님 작업실.

내 기억 속에는 오흥리
동네 이름보다
돌, 물, 감나무, 왕퉁이, 원두막이 있는 곳,

이십여 년 전인가, 산기슭에 콘세트 하나 덜렁 놓
여 있을 때 물길을 대려고 혜산 선생님과 뒷산에 올
랐다. 골 파고 보 쌓을 때마다 저 새, 저 나무 좀 봐,
저 뿌리는 다치지 않았겠지, 저 생명붙이들과 물을
나눠 써야 하는데 미안하네, 미안하네 하시었다.

혜산 선생님은 한 달에 한두 번 작업실에 내려오
셨다. 남한강 돌밭에서 탐석한 수석과 다시 한 번
강렬히 만나고 시 쓰고 한가해지면 고목 뿌리로 조

각상도 만들고 산 속에서 막 올라온 속봉우리 같은
서운산을 바라보며 명상에 잠기셨다.

　나직한 음성, 따스한 눈빛

　일상으로 돌아온 혜산 선생님은
　갓 지은 원두막 송진 냄새에
　윙윙거리는 왕퉁이 떼를
　뻑뻑꾸욱 뻑뻑꾸욱
　허리 굽혀 손뼉 치면서
　들소년이 되어 왕퉁이 떼 몰고
　사갑들*로 고장치기로 돌아다니다가
　햇빛과 바람과 별에 흠뻑 젖어
　신촌 언덕집으로 올라오셨다.
　그날 저녁엔 언덕이 아득히 올라가 있었다.

　* 혜산 선생님은 봉남동 360번지에서 태어나 샛말, 가터, 양협, 평촌(벌
　　말, 고장치기) 등 사갑들 일대를 18세까지 옮겨 다니셨다.

돌 속의 돌
콘세트 작업실 2

원두막 사라지고
콘세트도 사라지고
단아한 집 하나,
뜰에는 강돌이 모여 있다.
강줄기 휘어감은 돌 사이
물살 굽이치는 포탄리 미석 앞에서
나는 주춤거린다.

바람이 분다, 땡볕이 쏟아진다

　그날* 우리는 나란히 시외버스에 앉고 나룻배를
타고, 물과 바람과 해를 끼고 나란히 강둑을 걸었
다. 포탄리 돌밭에 이를 때까지 묵묵히 걸었다. 강
기슭에 이르자 선생님은 맑은 물속을 더듬어 오석
몇 개를 끌어내셨다. 오석은 물빛이 마르면서 질감
이 드러나고 리듬이 살아났다. 흙, 불, 바람, 돌 안
에서 뭉쳐 나오는 빛이 면마다 꿈틀거렸다. 수억 년

동안 돌덩어리들 부딪치고 쪼개지고 구르면서 약한 힘은 떨어지고 강한 힘만 남은 먹빛, 물과 모래와 돌밭과 인간을 압도하는 먹빛, 그 빛으로 선생님은 그림을 그리고 난을 치고 피리를 불고 인류의 구원과 민족의 자유를 위해 신앙시를 쓰셨다. 가만히 그 빛을 끌어안고 손으로 어루만지면 손 끝으로 뜨거운 기운이 들어왔다. 인간을 인간이게 하는 인간적인 것 일체가 하나씩 분해되어 대기로 돌아갔다.

선생님은 돌들을 돌려 돌 하나하나에 형상을 주고 감추고, 제 힘으로 온전히 서는 돌에 표시를 하고, 혼자 한없이 내려가셨다가 물줄기를 거슬러 오셨다. 나도 선생님 반대편으로 올라갔다가 송장헤엄치며 물소리에 취해 내려왔다. 어둠이 아래에서 올라오고 위에서 내려와 함께 만나는 지점은 어둑어둑해지고 있었다. 은은히 떠오르는 공제선 위에 생명을 받은 돌들이 선생님의 뒷모습을 비치고 있었다.

그날 선생님은 빈 손으로 돌아오셨지만
뜰에는 어둠에 묻히는 강돌과
선생님의 어둑한 뒷모습이
돌 사이사이를 흐르다
미석에 스며든다.

나는 가만히 미석에 손을 대 본다.
가슴속으로 먹물빛 번지면서
뭉쳐진 힘이 꿈틀거린다.

* 혜산 선생님은 신군부 정권 하에서는 어떤 일도 하지 않겠다고 예술원
  회원을 거절하셨다.

연리지 외 2편
나무에게도 이별은 아픔으로 온다

김일영

서로가 만나지 않았을 때엔
작은 바람에도 쉽게 흔들렸다
서로에게 기대어 결이 통하게 된 후
더는 울지 않았다

속리산 천왕봉 오르는 길
두 나무라 부를 수 없는 한 나무
굴참나무사랑이 눈부시다

두 나무라 떼어놓을라 치면
생살이 잘려 나가는 고통을 참아야 한다

나무에게도 이별은 아픔으로 온다

바람 주머니

것대산 정상
높이 달린 바람 주머니는 바람 부는 쪽으로
동그랗게 입을 벌리고 몸을 부풀리고 있다
바람의 속도가 거칠수록 바람 주머니는
수평으로 곧다

바람이 조금만 약해지면 금새 시들해지며
수직으로 배를 움켜잡고
다시 수평을 향한 몸부림은 것대산을 울린다
수평을 이룬 때가 가장 적기라는 생각이 미칠 때
페러글라이더의 발이 마침내 땅에서 이탈되고

새벽 눈을 뜨면서부터 시간에 쫓기며
몸을 가늘수 없는 만원 전철에서
척추동물의 근간인 척추가 유린당하고 나면
바람 자는 날 바람 주머니처럼 축 처져버린 몸뚱이
곧게 설 날을 꿈꾼 지가 언제던가

또 한 페러글라이더 지상으로부터 결별한다
나에게로 회귀할 수만 있다면 언제고
일상으로부터의 탈출을 시도할 것이다
페러글라이더가 낙하산을 농락하며
것대산을 휘돌아 낙가산 쪽으로 멀어지자
바람 주머니가 바람을 가득 품고 수평을 이룬다
나도 척추를 곧게 세워본다

시루산에서

속리산에서 시작된 능선은
꿈 실어 띄워 보낸 종이배처럼
출렁이며 흘러간다
한남금북정맥의 중간쯤
기다리다 지친 간이역처럼
시루산이 구봉산을 앞에 두고 졸고 있다
천년을 하루같이 흐른 시간이
골짜기마다 고여 있다
큰 물 없이도 습기만 있다면
푸른 꿈 닿을 수 있다고 믿는
두평리계곡 웅덩이 속 버들치
성급한 봄햇살이 겨울을 비집고
능선을 깨우고 있다

내려온 능선 외 4편
시루산을 오르면서

손필영

일월에 문득 찾아온 봄빛,
버들강아지는 저 혼자 움 벌고
평지 찾아 떠난 사람들 그리운 듯
볕바른 계곡도 소리 내어 흐른다

막다른 골짜기에 마구 쏟아진 밤 잎,
참나무 잎 들쑤셔 길을 세우자
바람 밀고 능선이 내려온다

두 마을을 안고 두 길을 걸으면
늘어진 겨울 벗고 달려온 기운이
온몸 감싸며 안는다,
바람을 부리고, 하늘을 높이는
어깨 높은 큰 산이 무릎을 낮추면
나무를 키우고, 사람을 안아주는
영원한 산이 되나 보다

박새들 햇살 쪼아 내리는 동안
시루산에 서면, 봉우리 봉우리 너머 천왕봉 따라
출렁이는 대간이, 저 아래 좌구산 아래 마을 어르며
꿈틀거리는 정맥이 떠오른다

보광산을 오르며

먼 데 나무들 바쁘게 새 움 감아올리는데
산등성이에는 뿌리 잘린 나무들이 줄지어 누워
있다
앵앵 나무 켜는 소리 산 중턱 도로를 자르는 듯
당당하다

새 날개 밑처럼 포근했을 봉황사* 날려 보내고
대신 들어앉은 봉분 옆을 지나간다
얼굴 잃은 망부석에 다른 얼굴 달아 보며
야트막한 능선에 올라선다, 걸음을 내디딜 때마다
온 산을 흔들고 쓰러지는 나무들

높은 산에서 내려온 산기운은
무덤 하나 키우려는 사람들 손으로
길게 누운 나무 밀어내고 키워지는가?
연둣빛은 먼지 쓰고 푸르게 자라나는가?

* 고려 시대의 절이었다. 지금은 대웅전 터에 무덤이 들어섰으나 9층 석
탑은 남아 있다. 명당 터라 조선 시대 세도가인 관찰사의 후손들이 절을
엎고 무덤으로 조성했다고 한다.

것대봉을 찾아

구녀산을 놓아두고
저 혼자 내려와
상당산성에 머물던 산길은
출렁다리에서 흔들리다가
상봉고개를 향했으리라.

상봉고개에서 만난 우리는
고개 위 봉수대를 바라보며
뜨겁지도 극적이지도 못한 것을 후회했다.

산길은 것대봉을 지나 낙가봉을 향해 가다
언젠가는 바다로 흘러들겠지만
맨땅도 흔들리는 나는
흔들리지 않기 위해 무덤을 옆에 두고 걸어간다.

바다로 따라 들지 못한 해그림자 늘어지자
능선을 재빨리 가로지른 까마귀 나를 덮는다.

칠장산*, 초가을, 4시

초가을 햇살은 4시쯤 걸려 있다가 조금 있으면 산 그림자처럼 안성 들녘으로 저물어들겠다,

절 초입으로 날아다니는 산새들,
산 중턱까지 날아오르는 까치들,

칠장산 정상에 오르는 사이 새소리, 물소리, 바람소리 잠시 쌓이다가 흩어진다. 일곱 악인을 계도하여 칠현사**라는데, 악인은 누구? 현인은? 어디에서 갈라지는지. 산새가 집새로 집새가 산새로 날아오르는 칠장산 492미터에선 살아온 대로 살아온 이들이 어느 날 산길을 바꾸어 산 아래 바다로 산 위 산으로 내려가겠다. 우리가 내려가기 위해 올라가는 것처럼,

구름을 가르는 듯한 전투기 소리
서남쪽 하늘은 시월을 기다리며 푸르러지고

선악이 사라진 오늘
비로소 높이를 놓고 평지로 걷는다

* 속리산 천왕봉에서 갈라져 온 한남금북정맥이 다시 한남정맥과 금북정
  맥이 갈라지는 분기점이 있다.
** 칠장사의 다른 이름.

느티나무가 가리키는 곳으로

칠장산 정상에서 내려 보면 은빛으로 반짝이는 금광 저수지, 그 물방울에 섞여보려고 저수지 주변을 서성인다. 오후 가을볕에 달라 붙은 까마귀 울음소리는 이중창으로 내리쬐고, 오래된 느티나무 두 그루도 서로를 바라보고 서 있다. 나무들이 가리키는 건너편엔 가지 벌린 감나무가 골목 입구를 지키고 있다. 한 시인*이 살았던 곳이란다. 도드라진 좁은 시멘트 길을 따라 올라간다.

긴 담을 끼고 돌아 마당에 올라서면 묵중한 돌들이 줄지어 서서 그늘을 뿜어내고 있다. 검게 줄진 돌을 쓰다듬어 본다. 차지고, 부드럽고, 냉랭하다, 성숙한 그늘. 돌은 온기도 단단히 뭉쳐 한기로 뿜어내는 듯, 인간을 벼리는 차거움.

짧은 처마 밑에서 오후 내내 해바라기했을 시인,

사람도 돌이 되고 돌도 바람이 되어 흐르다가 멈추고.

익은 햇살 같은 오래된 사람이 그립다.

* 혜산 박두진 선생님.

무수목

조재형

산기운만 스쳐도 황홀한 초가을
첫 물길 만나는 무수목 양지쪽 햇빛 밑에서
그대를 만났습니다

세상 속에서 살려고 살아보려고
애써도 살아지지 않아
속리에서 내속리로
번잡한 마음 버리고 새 기운 얻으려
수철령 닫아두고
마음 닦고 기도드리는군요

나는 정맥을 따라 세상 속으로 가는데
그대는 정맥을 거슬러
대간을 타고 더 깊은 산속을
꿈꾸고 있군요

수철령 넘지 못하고

뒤돌아 나오는 길
속리산 능선 끝자락
세속과 속리 사이
묘봉이 우뚝 솟아 있습니다

산국(山菊) 외 5편

윤석영

차고 높은 가을 하늘
어디선가 발길을 유혹한다, 은은하게

칠장사 산신각 지붕 위 노랗게 흐드러진 산국이 산발한 머리채 같다. 호젓한 산죽(山竹) 길, 늦가을로 가는 차가운 바람이 굴피나무 껍질처럼 까칠하다. 칠장산 정상에서 잠시 머물다, 속리산으로 이어지는 한남금북정맥으로 들어선다. 정맥길엔 쥐밤들만 널려 있다. 다람쥐들은 다 어디로 갔을까? 가던 길 버리고 잡목숲을 헤치자, 하-, 어디선가 은은하게 코를 찌르는 산국향. 산국에 취한 다람쥐들이 쥐밤도 잊은 채, 겨울잠보다도 깊은 가을 속으로 들어가 버린 걸까?

산국 따라 이대로 이 길 벗어나면
가을이 한없이 깊어지겠네

방랑

마을 어귀 노송 곁을 지날 때 마을길에 드리워진 구름 몇 채가 멀다. 잠시 저 구름 채에 들면 황홀하리. 꿈꾸듯 마을길을 벗어나자 금세 고요한 산속이다.

낮은 산, 깊은 능선
바람 고요한데, 마음 왜 이리 설렐까?

자꾸만 산길 벗어나는 발길을 돌려 능선을 오른다. 좌구산 정상에 이를수록 단풍에 달뜬 몸이 둥둥 흰 구름 따라 떠오른다. 파란 가을 하늘 속 흰구름이 고단한 사람들의 단꿈 속을 흐르는듯 달콤하니 솜사탕을 만든다. 이제 막 거친 능선을 넘은 사람들은 솜사탕 같은 몽글몽글한 꿈을 품안에 품었으리. 낮아질대로 낮아진 팍팍한 일상으로부터 방랑을 꿈꾸었으리.

흰 구름에 딸려가는

꿈길 하나, 낯익은 발길 하나

노을 1

것대산 봉수대*에서

것대산 봉수대에서 것대마을을 바라본다. 눈 깊어질수록 노을에 잠긴 고요한 산간 마을이 술렁인다.

백룡은 한순간에 애틋한 사랑을 허망하게 잃고 어찌 살아갔을꼬? 무고한 죽음이 억울하고 원통해서 육노인과 선이는 어찌 눈을 감았을꼬? 죽은 육노인과 선이를 봉수대에 화장하고 땅바닥에 주저앉아 솟아오르는 연기를 하염없이 바라다보는

백룡의 뒷모습이 붉다.

---

* 봉수대는 고려·조선 시대에 밤에는 횃불, 낮에는 연기를 올려 변방 지역에서 발생하는 병란이나 사변을 중앙에 알리던 통신시설이다. 이인좌의 난(영조 4년, 1728) 때, 것대산 봉수대 봉수지기 육노인은 딸 선이와 함께 반란군에게 죽임을 당한다. 선이와 혼인을 약속한 것대마을 백룡 총각은 청주장에서 돌아오는 길에 봉수대에서의 변을 목격하고 달려갔지만, 육노인과 선이는 이미 싸늘한 주검으로 변한 뒤였다. 분노한 백룡 총각은 한주먹에 반란군을 물리치고 죽은 육노인과 선이를 봉수대에 넣고 화장을 하였다. 이때 것대산의 봉수대에 연기가 치솟아 목멱산(지금의 남산)에까지 봉수가 이어져 이인좌의 난을 알리게 되었다고 한다.

노을 2

망이산성*에서

마이산 정상에서 산 아랫동네를 둘러본다. 음성, 진천, 안성, 이천, 용인이 한 동네 아이들처럼 마이산으로 몰려온다.

망이산성 주위에 지천으로 불질러놓은 진달래. 산성지기의 가장 혹독한 적은 고구려군도 백제군도 아니었으리. 어둠이 내린 성벽을 타고 넘어오던 봄밤의 향기, 산 아랫동네에 두고 온 그리운 이의 향기, 외성 밖 가을 들판 가득히 흔들리는 억새풀, 하루 해를 넘길 때마다 산성 너머 자욱한 억새처럼 하늘거리는

진달래빛 그리움이 붉다.

* 망이산성은 삼국시대에 축조된 산성으로 해발 472미터의 마이산(망이산)을 중심으로 내성과 외성으로 구성되어 있다. 산성 주변에 봄이면 진달래가 지천으로 피고 가을이면 억새가 들판에 가득했다고 한다.

교감

노을 3

마이산 정상에서
간간히 이어지다 끊기는
딸아이의 전화 목소리
아/빠/,/노/을/이/정/말/아/름/다/워/요
겨울 저녁이 어둑해지고 있다.

　어둠이 길바닥까지 내려오는데도 딸아이는 돌아
오지 않는다. 전화기를 붙들고 계속해서 통화를 시
도해보지만 산속이라 전파가 잡히지 않는다. 얼마
가 지났을까? 황급히 써내려간 듯한 문자메시지가
도착했다. (길을잃었어요배터리부족다시연락할게
요) 마이산, 472미터, 이렇게 낮은 산에서 길을 잃다
니! 휴대전화라는 첨단 통신수단을 가지고도 속수
무책이라니.
　그래, 텔레파시라도 보내야겠어! 진정한 통신은
마음으로 소통하는 법이니까! 그러는 사이 겨울 저
녁이 더 어둑해지고 있다.

지척에 있을 딸아이에게
마음 하나 제대로 봉수하지 못하고
끝내 교감하지 못하고
어스름 끝에서 발만 동동 구르고 있는데

전파 대신 노을빛으로 오는 텔레파시
수레티고개 아래에서 누군가 발그레하다.
그렇구나, 노을이 정말 아름답구나!

출렁다리를 건너며

상당산에서 것대산으로 가는 길
정맥을 가로지른 산성고개로 자동차가 질주하고
산성고개 위 출렁다리가 흔들린다.
아슬하게 걸린 정맥길이 흔들린다.

우리 가는 길
흔들리는 것이 출렁다리뿐이겠는가?

출렁다리가 흔들리지 않아도
우린 스스로 술렁거렸고
바람 없는 날에도
우린 뿌리째 흔들렸다.

이젠 오래전에 잊혀졌던 길을 걸어가야겠다.
오랫동안 함께 걸어온 길
바람 불면 더욱 그윽해지는 그 길
흔들리지 않는 한적한 오솔길을

칠장산에서 외 1편

이승규

죽산에 있지만
대나무가 적은 산
가느다란 개천 흘려보내며
한적한 세월 나는 나이 많은 산

언젠가 횃불 들고 관아 습격하던 장사들을
산죽 틈에 숨겨주었다
죽림으로 끌려가 참수 당하던 천주교도들의
찢어지는 울부짖음 듣기도 했다
어느 날 포성도 잦아들고 동구나무 우지끈 부러지고
배급 받아먹던 소년들도 산에 올라 배고픈 메아리를 불렀다
한 소년이 자라나 군화 조여 신고, 심장이 점점 뜨거워져서
정상에서 마을로 내쳐 달렸다, 포탄에 주저앉던 윗말 공부방에서

공부하던 소녀 만나 같이 살았다 타지에서 아일
낳았다

타지에서 큰 아이가 백두대간을 흘러 내려왔다
정맥 갈림길 찾아 이 산에 돌아왔다
고요히 바람에 귀 기울이다가
무성한 고함 소리, 발걸음 소리 새겨듣고
무참한 피냇물과 눈물의 골짜기 간신히 돌아
할아버지 같은 칠장산, 은은한 햇볕에
축축한 껍데기를 말린다

앉은뱅이꽃

죽산에서

새로 칠한 초등학교 정문 앞
구부러진 골목에 기울어가는 지붕
검푸른 이끼 담장 어루만지는 손

돌아가신 아버지가 쌓은 벽돌이야
열일곱 때까지 살던 집

마당에 골목에 피어나는 얼굴들
부르는 목소리에 활짝 대답하려다
저도 모르게 어깨 들썩이던 장날 떠올리며
그녀는 추운 장터를 걷는다, 문 잠긴 포목점과 식당
낮에도 불 켜진 부동산 사무소 지나
비닐 덧댄 단칸방 노인의 마른기침 소리
줄 묶인 개의 꺼칠하고 휑한 눈빛 피해

그녀는 마을 뒷길로 성산*에 오른다
말 탄 몽골군이 몇 차례나 할퀴어도 끝내 버텨낸 곳

세월이 주저앉힌 성벽에 포클레인이 멈춰 있다

죽주산성 성벽 위를 걷는다
죽산 들녘이 흐르고 황색골산, 남산 줄기가 일어
선다
아이들과 뛰놀며 감자 먹던 치성(雉城) 근처에는
오로지 난공불락의 기억만 남아
바람 차가울수록 두 볼 뜨거워지는 저녁
성벽을 돌아 서문에서 바라본다,
큰길이 지나가며 버려도
키 낮은 앞뒷산이 그대로 감싸 피워내는
죽산의 흐린 불빛, 앉은뱅이꽃밭

* 비봉산 동쪽 줄기에 있는 죽주산성 일대를 죽산 사람들은 성산(城山)이
라 부른다.

정맥

아버지의 힘줄

박성훈

팻말도 입구도 없다
상처투성이 잔풀 숲을 헤치면
멀리 봉우리
낮은 봉우리, 봉우리

식구들 저녁상에 둘러앉았다
고단한 하루를 씻어낸 아버지
밥보다 먼저 소주 한 잔 넘기시면
머리 위 알전구는 60촉만큼만 빛났다

고관절이 다 닳았단다
젊어 고생을 많이 해
남들보다 10년은 빨리 닳았단다
수술이 끝난 병실에 누워
무통 주사 단추를 누르시는 아버지,
(통증은 사라졌을까?)
가느다란 팔뚝에

공사장 철근보다 검붉은
한때는 힘줄이었을
아버지의 힘없는 줄

멀리 봉우리
낮은 봉우리, 봉우리
눈물 나게 질긴
여기가 능선일까?

큰산*의 정기 외 1편

장윤서

속리산의 정기가 흐르는
한남금북정맥 큰산의 기운이
반기문이라는 큰 인물을 만들어냈다는대
만약 그가 UN 사무총장이 아닌
상당리 선량한 촌부로 남아 있었다면
큰산의 정기는 없었던 것일까?

김복진, 김기진 형제들과
홍명희, 조명희, 정지용, 조벽암, 오장환의 큰산을
그 시대 주민들은 뭐라고 얘기했고
우리는 어떻게 얘기할 것인가
산의 정기에도 이데올로기가 있는 것일까

큰산이 굴려준 밤이며 도토리를
하나하나 정성스레 골라
그의 책상 한 켠에 올려줬을
반기문 총장의 부모가

그에겐 진짜 큰산이었을 터

공사 중인 생가터 주변
새로 만든 정자에
누군가에게는 큰산이었을
노인 한 분 앉아 계신다
UN은 뭔지도 모르고
반기문만 안다는 노인
큰산이 선산이라며
당신도 그곳으로 가신단다

* 충북 음성군 원남면에 위치한 해발 509미터의 산. 산 아래 상당리에 반
  기문 UN 사무총장의 생가가 있다.

또 하나의 바람

감춰진 산
주민들도 처음 들어봤다며
저기, 저 동네 뒷산 말하는 겨?라고
갸웃거리게 하는 산
음성군청 직원도
이십여 분 갸웃거리다
주유소 직원에게 떠넘겨져서
결국은 잡목 숲에 몸을 긁혀가며 찾아낸 산
大속리가 아니라
小속리라서 더 찾지 않는 산
외로운 산
소속리산

꽃너미절*의 도둑맞은 좌불상이 돌아왔나
부처를 얼마나 쓰다듬었기에
이다지도 야생화가 많이 피어 있나
소속리산 정상에 바람이 분다

조용히 홀씨가 떠다니자
정맥길 가득한 산초나무
차례차례 까만 산초를 흔들고 있다
산 아래 꽃동네** 어딘가에서
상처 받은 이들을
누군가가 쓰다듬고 있나 보다

* 음성군 금왕읍 용계리에 있던 옛절 이름. 마을 주민들은 '꽃님이절'이
  라고 부른다. 폐사된 지 오래되어 절터만 내려오다 30여 년 전, 이 자리
  에 '용흥사'라는 절이 들어섰다. 이 절에는 30센티미터 크기의 좌불상
  이 있었는데 이 부처상을 만지면 바람이 분다는 이야기가 오래전부터
  전해져 오고 있다. 이 좌불상은 1930여 년 경에 도둑을 맞았다고 한다.
** 1976년에 설립된 사회복지시설. '의지할 곳 없고 얻어먹을 수 없는 힘
  조차 없는' 분들을 도와주고 있다.

4부 빛 혹은 모퉁이

조바심

김현격

나도 모르게 시계를 두 번 세 번 보는 것은
느린 버스를 기차를 비행기를 어쩌지 못하고
못 들어가고 못 닿을까 봐
침이 바싹 마르기 때문이다.

빠진 것 없나, 표는 챙겼나, 신분증은 있나
간식거리, 감미품,
생명에 지장 없는 품위 유지품,
노심초사 조바심
시간 곱하기 속도
거리 나누기 속도
속도 모르고 속이 탄다.

안 놓치고 잃지 않고 빼앗기지 않으려고
긴장 안간힘 끊어질 듯 이어질 듯
당기고 꿰매고 감치다가

따끔
바늘에 찔리자
한숨 쉰 후
후련히 내려버렸다.
어딘지 알 필요 없는 곳에.

속도를 모르니
속 탈 일도 없다.

때는 올 때 오겠지
길어지는 그림자를 본다.

국망봉[*]에서 2 외 1편

신대철

북쪽으로 갈수록 인가 끊어지고
등 푸르러지는 한북정맥 산줄기들

(사라진 영령들은 다 어디 있는가)

잡목 숲이 흔들린다. 가래나무 열매들이 툭, 툭
떨어진다. 소리는 앞에서 나는데 고라니도 일행들
도 뒤를 돌아본다. 일행과 일행 사이, 소리와 소리
사이 멀어질수록 기억은 깊이 울리는가, 마른 기억
지나 길은 가팔라진다. 내 발길은 화악산 철조망에
서 조금씩 국망봉 쪽으로 기울어간다. 오를수록 점
점 무거워지는 산, 잡목 숲을 빠져나오는 순간 허공
속에 캐러멜 고갯길^{**}이 온몸을 휘감는다.

그때 사단에 들어온 그 많은 젊은 장교 중에서
나는 왜 그를 선택했던가,
캐러멜 고개 하나 넘었는데

여긴 이상한 냉기가 흐르네요, 하던
3사관학교 1기생 차 소위***
더블백을 들쳐 메고
향나무 아래에서 땀을 뻘뻘 흘리던 차 소위

밤새 쏟아지는 별똥별 수통에 채웠다면서
반짝이는 별빛 한 모금 마시고는 느닷없이
알머리에 찬물 쏟아붓던 개구쟁이 차 소위

병사들 살리려고 수류탄 끌어안고 산화한 차 소위
(조국을 위한 죽음은
아름답고 고귀하다고?
그게 해묵은 거짓말이라고****?)

가래나무 열매들 숨죽이며 떨어지고
적근산에서 삼각산으로 아득히
한북정맥 산줄기들 굽이쳐 간다.

속 깊이 소리칠 때마다
외마디 소리 울려온다.

(김 중위인가, 아닌가, 순찰 중에 가족 편지 읽다
기합 받던, 그 다음다음 날 오발사고로 죽은 신병인
가, 아닌가)

* 궁예가 왕위에서 쫓겨난 뒤 변장하고 도망 다니다가 국망봉에 올라 철
  원 도읍을 바라보았다 하여 붙여진 이름. 국망봉에선 한북정맥이 한 줄
  기로 보인다.
** 이동에서 사창리로 넘어가는 광덕고개의 별칭. 미군들은 광덕고개가
   낙타등 같다 하여 캐멀 고개라 불렀고 운전병들은 캐러멜을 씹어야 졸
   지 않고 넘을 수 있다 하여 '캐러멜 고개'라 불렀다.
*** 당시 제2의 강재구라 했다.
**** 윌프렛 오웬의 '아름답고 고귀하리' 끝 구절.

모퉁이 곳간

옆집 양철 지붕과 맞붙은 홈통 사이에 흙벽 굴뚝이 삐져나와 있었습니다. 굴뚝을 잡고 침침한 빛을 더듬어 돌아가면 동굴 같은 모퉁이 곳간이 하나 있었습니다. 할머니는 마실 간다 하시고는 뒤꼍으로 돌아가 한동안 녹슨 연장과 가마때기와 박쥐 틈에 껴 있다 나오셨습니다. 어느 가을 저물 무렵 터진 굴뚝을 메우러 갔다가 우연히 곳간에서 할머니를 만났습니다. 꼬맹이 때 재취 자리를 피해 굴뚝 뒤로 숨어들 때처럼 할머니는 연기를 휘감고 웅크려 앉아 계셨습니다. 컴컴해지자 팔락거리며 박쥐가 날아들었습니다. 박쥐의 날갯짓에 할머니의 주름살에 파동이 일고 꼬맹이의 울음소리가 다가왔다 멀어졌습니다.

    '얘, 박쥐야, 나 좀 살려줘,
    겨울 날 때까지만 나 좀,,,'

어린 나이에 재취 자리로 들어오신 할머니는
물에 갠 황토를 굴뚝에 찰싹 붙이고
땅바닥으로 흘러내리다가
꼬맹이를 끌어안고 가슴을 쓸었습니다.

꼬맹이 뒤에 할머니 뒤에 내 뒤에
커다란 박쥐가 매달려 있었습니다.

길, 혹은 한강 외 5편

김일영

달빛이 떨어져 물방울이 되고
돌들과 풀들이 물방울을 보듬어
첫 마음을 실려 보냈다가
다시 불러들여 마음을 추스르는 계곡
세상의 모든 것들 달 뒤에 숨어
실루엣으로 모두가 잠든 시각
모인 물방울들이 갈 길을 만들며 잠자던 세상을
깨우고
피라미 한 마리 강물을 차고 올라
수면 위에 어스름 여명을 풀어놓은 댐 위로
사방에서 흘러든 물길들이 섞이며
댐 아래로 투신하는 물줄기를 토닥이는 새벽
너무도 많이 가버린 잘못 간 길 되돌아와
물안개 확 걷힌 후에
그 많던 길들이 놓여 있었던 둔치에 앉아
흐르는 물줄기를 보고 있으면 햇살은
석림(石林)처럼 서 있는 아파트 사이를 돌다

상처 난 다리 내려놓으며 몰아쉰 긴 한숨이
없어진 길들처럼 물줄기를 타고 흘러가는데
가지 않은 길들이 간 길을 위로하며
수많은 길이 한 길로 모여 흐르는 한강
많은 길들 중에 한 길을 가야 했던
첫발 내딛던 초심처럼

거자족* 사람들

이 길 꺾어들면 과거로 가는 길이리라
등짐으로 막던 길을 터준 아낙이
연신 미안해한다
논둑을 다지던 사람들이 저마다 일어나
허리를 굽혀 거자족말로 인사를 한다
논둑이 따라서 몸을 낮추고 억새도 고개를 숙인다
무기 대신 농기구를 들었을 뿐
차림새가 전투하러 가는 전사 같다
내 뻣뻣한 어깨 쳐든 턱이 하늘을 찌르는 듯
새들이 한꺼번에 자리를 박차고 날아간다
에스 자 논길 끝에 보이는 30여 호 집들
서로가 서로를 안고 있다
만나는 사람마다 몸을 낮추는데
외지인에게 건네는 아이의 소리 없는 구부림이
가슴속에서 잠시 머물다가 명치쯤에서
빠져나간 후에야 부드러워지는 어깨
구부림으로 행복했던 시절이 그립다

머리에 안테나도 없고
가슴에 TV도 없는 이곳은
우리의 먼 과거
수를 놓는 거자 아주머니의 손놀림처럼
햇볕이 소박하게 앉아 있는 마을 마당에서
노래를 하고 춤을 춘다
구부려라
구부려라
날아갔던 새들이 돌아온다

* 중국 귀주성 개리시 마탕에 사는 소수민족. 중국 56개 소수민족에 등록
  되지 않은 소수민족으로 고유 언어를 사용하나 문자는 없다. 전체 인구
  가 1천 명이 안 된다. 농사를 지으며 마을을 찾는 외지인에게 직접 수놓
  은 천을 팔기도 한다. 옷차림새는 전투하러 가는 전사처럼 무릎까지 색
  깔 있는 천으로 감아올렸으며 화려한 갑옷을 입은 것 같다. 나이가 들수
  록 옷이 화려한 색에서 무채색으로 변해간다.

배꽃, 그리고 약속

달빛이 내리고 배꽃이 만개한 배밭에서
우리는 거쳐 온 길과 가야 할 길에 대해
서로에게 얘기했다
각자 몸에서 삐져나온
우리들의 길들을 본 배꽃들은
수군대며 슬쩍 곁눈질로 훔쳐보기도 하고
깔깔대며 가슴을 내밀어 보이기도 했다
그 모양을 본 우리 모두는
우리들 이야기보다
허허, 배꽃에게 정신을 온통 빼앗겼는데
그때부터 달빛은 더욱 형형한 눈빛으로 내리고
배밭은 와자지껄 축제가 시작되었다
누구든 가지 끝으로 다가가
기도하듯 손을 내밀고, 누구는
밭골이 넘치도록 흥건한 농담을 쏟아놓는데
그대는 오지 않았다
우리들의 옹이 졌던 그리움이 한꺼번에 터지며

배밭을 걸쭉하게 익혀놓았다
낙화하는 꽃잎에 가슴 짠해했던 그대는
항상 달빛보다 먼저 갈매재를 넘어갔었다
축제가 끝나자
우리들은 그 자리에 서서
배꽃 만개한 배나무가 되었다
그대는 오지 않고
내 옹이는 옹이로 남고

만삭 달 신음 소리 들리기 시작하는 오월이면
나는
달빛 아래 배꽃이 만개한 배밭으로 간다

정몽주가 있는 풍경

그대가 오가며 건너던 다리
바닥에는 그대의 혈흔이 있고
차가운 한기는 이루지 못한 그대의 꿈

남측에서 관광 온 사람들로 북적이는 개성 선죽
교에
그대는 한쪽으로 비켜서 있다

바람이 흩어지며 느티나무 아래
겨울 햇살을 감고 쪼그리거나
북측 안내원의 입을 떠난 어설픈 지식들이
땅바닥에서 채이는 것처럼
아주 평범한 시간들은 선죽교를 쉽게 건너지만

난간 위의 숨소리
도포 자락에 술렁이는 허공 그리고
절개, 북방으로 뻗던 기상

시간을 붙들고 다리를 떠나지 못하는 그대 모습은
아주 오래된 풍경

꿈꾸지 않는 영혼은 없다

먼지와 나

　간지럽게 나리는 햇살에 취해 초점 흐린 눈으로
바깥 세상 기웃거리다 햇살의 가는 선 타고 노니는
거대한 무리 본다 잔잔한 바다 같다가도 태풍 만난
파도처럼 허공을 향하여 솟구치고 쏜살같이 사선으
로 이동한다 어디서 왔는지 언제부터 있었는지 알
수가 없다 그들은 재미있을 일에 대해 얘기한다
"저기 저 비실대는 사람 좀 봐 콧구멍으로 들어가
면 재미있을 것 같은데 아니 눈구멍으로 들어가면
더 재미있을 것 같아……" 돌진한다 그 사람 눈은
알레르기 반응으로 괴로워하면서 계속해서 눈을 비
벼댄다 적중한 것 같다 빠르게 이동하는 자동차를
피해 가볍게 뛰어오르고 슬쩍 옆으로 피하며 한 무
더기 운전자의 목덜미에 빌붙는다 저들의 세계는
무질서가 곧 질서다 흐트러진 자세 고쳐 잡으며 팔
꿈치로 건드린 창틀 끝에서 기다렸다는 듯 또 한 무
더기 허공으로 오른다 바람이 부는 대로 충격이 있
는 대로 역행하는 일이 없다 사람과 사람 사이 알력

이 없는 세상 꿈꾸다 꿈으로만 남겨놓고 그저 힘없
이 흔들리는 나도 먼지

이런 날이 있다

서류에 박힌 글자들이 벌레로 환생하여 몸을 지나가는 대로 겨드랑이를 허벅지를 긁적거려보고 억지로 하품도 해보다가 거북이 시계침이 6시를 지나가면 몸을 잡서류처럼 구겨놓고 차 시동을 건다 지나가던 바람이 뚝뚝 허리가 잘려 뒹구는 아파트 사이를 지나 당고개를 넘는다 어디를 가고 있는지 몰라도 좋다 정시에 출근하여 정시에 퇴근하였으니 누가 나를 의심의 눈을 뜨고 보더라도 상관할 바는 아니다 차 안에 몸을 빠뜨린 나는 오른쪽으로 버티지만 왼쪽으로 쏟아짐을 느끼는 커브 길을 지나 하늘지기 따라 하늘로 올라가고 있다고 생각한다 당고개를 넘은 마을 길 차창 너머 마당을 지나가는 아줌씨도 훔쳐보며 개울물 소리 따라 흐르다가 불암사에서 나온 길에 발을 담그고서야 가을이 옆에 와 있음을 깨닫는다 어차피 길은 세월을 따라가고 나는 따라갈 수 있는 길이 있어 고마울 뿐, 기다리다 지친 운동화 한 짝 쥐똥나무에 목을 매고 길에는 깨

진 화강암들이 모여 지들끼리 자갈자갈 댄다 귀를
모으면 얘기를 멈춘다 들키지 않으려는 보안과 궁
금증의 눈치가 팽팽한 긴장 아래 길이 뒤틀리고 도
망가는 청설모 겁먹은 눈빛에 스치는, 세상을 무력
감에 빠뜨려 제5의 세상을 꿈꾸는 은밀한 계획에 말
려들은 내가 저들이 살포한 바이러스에 감염되었다
는 사실을 늦게나마 깨달은 이런 날이 있다

환한 어둠 속으로 난 길 외 3편

손필영

서리 낀 오대산 전나무 숲을 걸으며
아버지의 흔적을 더듬어본다
걸을수록 하얗게 다가서는 한기

지난해 유월에 부러진 아름드리 전나무에도 눈이
내렸다
껍질로 버텼나? 속이 비어 있다.
기다란 어둠 속

지금 내 나이보다 젊은 아버지, 그 옆에 나도 보
인다
새벽 다섯 시면 찬물로 세수시키고 면벽시키시던,
열한 살 게으른 나는 졸음 반, 반항 반으로 귓등
으로 날리고
벽 속에 잠을 그려댔다
입김에 서리 섞어 아이와 걷는 동안
찬바람이 몰아친다. 나무에 얹힌 눈이 쓸려 날린다.

우리 오 남매는 아무도 아버지가 되지 못했다, 아
버지도 평생 자신이 되지 못했다.

스물한 살 대학생이 얼굴 모르는 산골 처녀와 혼
인하여 평생을 살았지만
  그 마음은 언제나 이 숲길을 달렸는지도
  모든 아이처럼 꿈을 꾸고 달려 소학교를 지나 학
도병으로 6.25를 지나
  4.19를 겪은 아버지는 할 말이 많기에 할 말이 없
으리라.
  달나라에 우주인이 발을 딛을 때 내 아버지의 별
이 떨어졌다.
  꿈꾸는 길에서 살아내는 길로 바꾸고, 아이들을
키우고,
  밥을 감사하며, 그늘 밑에 서서,
  빛 속으로 나갈 수 없는 자신으로, 무슨 생각을
했을까?

서른여덟 나이에 모든 것을 접고 무슨 생각을 했
을까?

전나무 숲을 휘돌아온 냉기가 온 몸을 절인다
아버지가 잠시 기댄 생은 혼란에 빠져 조각조각
흩어지다
숲이 끝나는 지점에서
하얗게 달아나버린다

아름드리 전나무는
속이 비어 어느 날 부러진 전나무는
누구도 가보지 않은
어둠 속으로 길을 내고는 썩을 것이다.
내 아이도 언젠가 부러진 전나무를 하얗게 떠올
릴 것이다.

말바위* 능선에서

단풍이 내려와 머무는 시월 하순에는
뾰죽뾰죽 솔잎도 동그렇게 떨어져
부드러운 산길을 열어놓고
동소문에서 숙정문으로 백악(白岳)을 기다린다

삼각산 꼭대기에서 내려오는 바람 타고
구석구석 집들이 하얗게 날아가는 동안
내 집 네 집도 노래하는 새처럼 날아가고
사방엔 빛이 뿌려진다

아득하게 흰 구름 띄우는 하늘 밑으로
침처럼 솟아오른 빌딩들도 엎드려
서늘한 기운을 내어 쉰다

잊었던 꿈 붉게 타오르는 시월 하순에는
우리가 잠시 사는 이곳도
소리가 지워지고 먼 곳이 된다

* 경복궁, 창덕궁, 창경궁 등을 둘러싼 성벽을 이루는 백악산 중턱에 있는
  바위.

박쥐에 대하여

봄이 와도 꽃이 피지 않아 쌀쌀한 김포평야 끝
해질 녘 풍경이 멀리 공항처럼 마을처럼 낯설다

"조금 있으면 박쥐가 온다네" 서두르시는 선생님
을 따라 나선다, 아파트 뒤울에서 담 너머 개발로
들쑤셔진 들판을 바라본다, 펄럭펄럭 무언가가 재
빠르게 지나간다, 박쥐를 가까이 보기 위해 우린 담
밖으로 나와 섰다, 날아가던 박쥐가 돌아와 선생님
손을 툭 치고 날아간다, 다시 돌아와서 머리 위를
빙글 돌고 간다.
　이야기책 속의 박쥐와 사람을 아는 척하는 박쥐
사이에서 나도 빙글, 다시 한 번 박쥐가 돌어오기를
기다리며 담과 논둑 사이를 빙글빙글, 선생님께서
는 담 안으로 훌쩍 들어가셨다. "요즘은 농사도 짓
지 않아 벌레도 없고 모기도 날파리도 없는데 기운
빠져서 안 되네."

봄 시간으로 저녁 7시쯤 나와서 아파트 담벽과 논 둑 사이를 따라 두서너 번 날고는 사라진다는 박쥐, 낮을 피해 어둠 속에 숨어 있는 박쥐, 어둔 밤에는 날지 않고 어둠 속에 사는 박쥐, 빛도 어둠도 아닌 경계에서 잠시 나는 박쥐? 박쥐를 떠올리며 걷는 동 안 길게 따라오던 내 그림자가 펄럭인다,

있다 없다 힐긋거리던 내가
아주 잠시 쏜살같이 날다가 어둠 속으로 묻힐 수 있을까?

선죽교에는 아직도 피가 흐르고

대낮의 태양 빛을 덮으려는 듯
찬가로 영가로 흐느적거리는 소리
붉은 민둥산을 쓸고 내려온 더 북쪽 바람에
언뜻언뜻 봄바람도
스러지는 개성 시가지

선죽교에는 아직도 피가 흐른다

길 건너편 인민들을 감싸고 있는 푸석한 공기에
서 흐르는 것은 아니다
공동주택 꼭대기에서 조그맣게 흔들리는 할머니
의 손에서 흐르는 것도 아니다
남쪽 버스를 향해 뛰어오는 때꼽재기 아이들의
얼굴에서 흐르는 것도 아니다

임진강 건너 도라산 역으로 돌아오면 반갑게 흔
들어대는 푸른 나뭇가지에서도, 작은 풀꽃 밑에서

도, 제멋대로 흘러가는 구름에서도 흐르는 것이 아
니다

    그대의 피, 우리의 피가 휘도는 지금,
    돌아서면 달아나 버리는 마음에서
    그대가 멈추어 달리고 달리고, 우리가 달려
    찢어져서, 찢어져서
    선죽교에는 아직도 피가 흐른다

모래능선 외 1편

조재형

지령산 내려오면
정맥은 모래능선으로 흩어지고
해송 한 그루 사람 하나 찾지 않는
갈음이해수욕장을 지키고 있네

성난 검은 파도 덮쳐 왔다 가면
곱고 고운 모래사장
기름 눈물 흘리네

눈이 내리네
모래능선에 눈이 쌓이고
눈 위로 검은 모래 쌓이네

논물을 대며

농수로 수문을 열고
논두렁에 앉아
물 오기를 기다리네
내 옆에선 봄맞이꽃이 피고
수로엔 부들 잎이 피어오르네
부들 사이로
없어진 방죽 보이고
부들 뿌리 뽑아 먹던 아이,
우렁을 잡던 아이,
풀피리 불며
보릿고개 넘어가던 아이도 보이네

물이 오기도 전에
무넘기로 아이들이
넘쳐흐르네

개성의 빛 외 1편

윤석영

고려의 수도 한복판에서
확성기를 들고
고려의 충신 정몽주와 숭양서원을
애써 들먹이지 않아도
단색의 한복 곱게 차려입고
우리 모두 한민족이란 걸
고려의 후손이란 걸 힘주어 말하지 않아도

개성 숭양서원 마당가에
쪼르르 모여든 풋풋한 얼굴마다
엷게 비쳐들던 분(粉) 같은 것
남측 관광객과 북측 안내원의 표정에
동시에 비쳐드는 발그레한 것
주고받는 말투보다
들이미는 얼굴보다도 먼저
깊은 곳에서 끓어오르는 뜨거운 것들이

구석에서 광장으로 모여들던
겨울 속의 봄날, 개성의 빛이여

단꿈

임은성에게

송악산 아래서
개성 청년이 단꿈에 취해 있다.

박연폭포를 오가는 관광버스 안
옆 자리에 앉은 북측 안내원, 그대
흔들리는 버스에 피곤한 몸을 맡기고
조는 듯 꿈꾸는가?

어스름 선죽교에서 정몽주와 밀회를?
흥성거리는 도읍지
개성의 부활을 꿈꾸는가?
부강한 통일 조국을?

꿈 밖에는 시간이 정지한 듯한 개성 거리
무채색 건물들 따라 흐르는 자전거 행렬
단색의 얼굴들 어디론가 잰걸음으로 사라지고
관광버스는 개성공단을 빠져나온다.

북측 출입국관리소에서
아프고도 따갑게 마음 흔들어대던
그대와의 악수, 젖어오던 그 온기

꿈꾸는 그대 어깨 너머로
송악산 잔설이 녹아내리고 있었다.

봄 외 3편

윤혜경

목련나무 아래서
아이가 그네를 탄다

활짝 핀 목련 속으로
함박웃음 지으며

아이는
들어갔다, 나왔다
들어갔다, 나왔다

꽃이 되다가
하늘이 되다가

발끝에 채이는 햇살 모아
가지마다
초록불을 놓는다

개성에서

동흥책방, 선죽리발소 앞
막 선죽교를 걸어 나와
어디로든 더 갈 수 있을 것 같아
막힌 발걸음을 거두지 못하고 서성인다

개성 사람들
수줍게 손을 흔들고 지나가고
애써 외면하며 지나가고
그 손길에, 그 발걸음에 귀 기울이면

돌아 나온 골목 끝에서, 닫힌 대문 안에서
숨어 보던 나와 닮은 얼굴들이
금방이라도 쏟아져 나올 듯

긴 하루,
짧게만 느껴지는 분단의 시간
스치는 핏줄에도 겨울이 녹고 있다

고모담

꽁꽁 얼어붙은 박연폭포 아래
하얗게 얼음 빙판이 되어버린 고모담
남쪽에서 온 사람들이, 아이가 되어버린 어른들이
신나게 얼음을 지친다

황진이 글씨체가 새겨 있는 바위도 본체만체
얼음 기둥이 된 박연폭포도 뒤로한 채
여기가 북쪽인 줄도 까맣게 잊고

미끌어지고 끌어주며
꽁꽁 언 땅에 고향 땅을 새기며
천마산이 흔들리도록 얼음을 지친다

연꽃의 노래

회산연꽃방죽 출렁이는 백련 사이로
먼저 진 연꽃 자리마다
맨몸 드러낸 연밥송이

봉긋 꼭 다문 입술 내밀고
진흙 속에서 올라왔다

꽃잎 피어날 때마다 세상은 환해지고
연잎 위에 젖은 향기
밤마다 하늘로 피어올랐다

꽃은 지고
풀어진 가슴속
마지막 씨앗까지 지고

구멍 숭숭 뚫린 채
초록 줄기 위에 앉아 있는

쭈그러진 연밥송이

그 속에서
천상의 노래 흘러나온다

조우 외 2편

최수현

뛰놀다 목말라 찾은 부엌
눅눅한 어둠을 가르고
작은 창에서
사선으로 쏟아져 내린
빛,
빛,
먼지 입자들의 느린 움직임
그 황홀한 춤을 오래 보았네

빛은,
아이가 처음 사로잡힌 질문으로 왔으며
빛은, 거부할 수 없이
마지막 말을 완성하리

수유

아가야
아가야
밖에는 눈이 내린다

발그레한 너의 뺨이 닿은
왼쪽 가슴이 조용하게 뛴다

너는 까만 눈동자를 나에게 한참
맞추었다 고요한 대답을 듣는 듯이
눈을 감는다

사방엔 눈이 오는 소리뿐
너의 조용하고 힘찬 젖 빠는 소리뿐

하늘에서 내려와 내 몸을 흘러
너를 덥히는
이 체온보다 낮은 액체를 축복하듯

눈이 온다
눈이 온다

기록

해변은 꿈틀대고 있었다,
2008년.
바위게, 갯강구, 갯지렁이, 이름 모를 작은 생물
들, 치어들,
수면 위로 솟구치는 큰 물고기들,
8월 2일.
작열하는 태양 녹아드는 둥근 어깨들,
바다에 열중해 있는 아이들,
여수 돌산 계동.
수심에서 밀려오는 차가움,
다리를 휘감고 지나가는 한 줄기 따뜻함,
수면, 수면, 흰 구름.

우우-웅
바다에 수평으로 누운 귓가에 출렁이는
거대한 이의 숨결

가죽 일체 수선 외 7편

이승규

코끼리 같은 남자가
손바닥만 한 의자에 쭈그리고 앉는다
무릎 위에 하이힐을 올려놓고
온 신경을 바늘 끝에 모으지만

터진 신발짝 같은 생활을 질질 끌고 다니다
중고트럭에 수선 부품과 노하우를 싣고 온
모래내시장에서 자꾸 흐려지는 눈을 비빈다

그가 옆으로 밀쳐놓은 핸드백에서
인조악어가 빠져 나오자 슬금슬금
양과 소가 옷걸이 뒤로 뒷걸음친다
구둣굽에 못 박는 그의 단호한 망치 소리에
동물들이 제각기 자리로 되돌아간다

그는 관록 있는 조련사다
그가 웅크리고 손보기만 하면

양 잠바가 배달 스쿠터를 부르릉 몰아대고
들소 구두가 후다다닥 시장바닥 내달린다

그의 팔뚝에도 용이 막 승천하고 있지만
뚜렷한 흉터가 지퍼 닫듯 손등을 잇고 있다
하지만 그의 손은
그 누구의 과거도 어김없이 받아들인다

냄새 나는 진창길 달려 왔어도
어딘가가 찢겨져 실려 왔어도
감쪽같이 아물게 하고 새 살 덧댄다

죽어서 이름 못 남길 사람들
뒤틀리고 헤진 가죽 쓰다듬는다

달의 여신

그녀가 현신한다,

재개발 8지구에 어둠이 내리면
폐지 실은 수레를 끌고 온다, 호위하듯
털 빠진 개가 수레에 묶여 따른다
그녀는 바로 달의 여신
치맛자락에 쌀랑쌀랑 별들을 쓸고 다니며
잠든 자의 심장을 풍선처럼 부풀게 하지만
아무도 그녀의 운행에 대해 알지 못한다

주차장 한 구석에 그녀가
종이상자로 성벽을 쌓고 회랑을 짓기까지
누구도 그녀의 궁전에 관심 갖지 않았다,
며느리 몰래 쌀을 소주로 바꾸던 노인이
그녀를 알현하고도 횡설수설하거나
오토바이 배달 소년들이 그녀의 영토에서
불꽃놀이를 하다 저지당했을 뿐

간혹 사소한 전투가 일어나기는 했다,
한때 이 골목을 주름잡던 폐지 할머니가
성문을 부수고 상자더미를 슬쩍하다 적발된 것
동네 개들이 다 깰 만큼 욕설이 독화살처럼 난무
했고
할머니는 굽은 다리를 끌며 퇴각했다

그녀를 정기적으로 방문하는 사람도 있다
스타렉스를 몰고 온 젊고 마른 폐지의 왕이
그녀를 '누나'라 칭하며 은밀히
수집물을 옮기기도 하지만, 그 역시
어느 별자리로 돌아갔는지 모른다

더러 그녀의 존재가 알려지기도 한다,
그녀가 눌러 쓴 벨벳 모자를 벗자
메두사 머리카락 같은 실뱀들이 광채로 꿈틀댔다는

치킨집의 기름 튀는 제보에, 전파사는
마스크 벗은 얼굴이 매끈한 화장으로
더없이 화창해 보였다고 알전구를 밝힌다

더 정확한 소식통인 분식집이
그녀가 몇 번의 결혼 끝에 궤도를 이탈했다고
달 표면처럼 얼굴이 얽어 마스크를 벗지 않는다
지만
그건 모두 그녀의 권능을 질시하는 모략일 뿐

그녀의 얼굴을 정면에서 쳐다보다간
쏟아지는 빛 때문에 두 눈 아리겠지만,
그녀가 이 골목에서 가장 아름답고
가장 전능하다는 것은 누구나 아는 사실

그녀를 만나기 위해 나는
낡은 책들을 공물처럼 쌓아놓고 잠든다

그녀가 별들을 깨우며 골목을 지날 때까지,
구름 끼고 바람 불기 전에 나는
어둠 속에 묻혀 그녀를 기다린다
그녀는 정말로 찬란한
달의 여신이니까

평래옥 냉면

평양을 피양으로 발음하는 사람들이 오는 곳
머리가 하얗고 혈색 좋으며
느릿느릿 걷다가 지인이라도 만나면 덥석
손을 붙잡는 이들의
크고 붉은 손등

아쉬울 것도 다툴 것도 없는 여생을
을지로 3가 지하도 걷듯 한적하게 지나
누구에게든 주름살로 웃어 보이며
아무렴 그렇겠지요, 고개 끄덕이다 서로
냉면 그릇 권하는 곳

평양에서 와서 평래옥이라는 집에서
긴 면발을 주억대며 건져 올리니,
뚝 뚝 끊어지기 잘하고
맹맹하고 은근하게 구수한 것이
목구멍 타고 구물구물 휴전선 지나가

대동강 멀건 물에 씻겼다 을밀대 난간에 척 널린 뒤
들끓는 가슴으로 익혀 식은 눈물에 헹궈진 채
동치미 육수에 다시 둥글게 말려 나와서는
육십 년 동안이나 허한 뱃속으로 꿀꺽
잘도 넘어갈까

거뭇하고 졸깃하고
냉랭허니 어드렇게 쨍한 거이
오마니, 오마니가 살아오신 거 같은
은빛 그릇 앞에 두고

대추나무 이력서

너는 경기도 산곡 개울 물소리에서 왔다. 아니 오
솔길이 내려다뵈는 산턱 새들의 흐린 날갯짓 소리
에서 왔다. 아니 너는 땅속 촉촉한 흙알갱이 얼음
녹는 소리에서 왔다.

오다가 너는 할아버지 어깨에 얹혀 혼절했고 빼
곡한 지붕 사이 쟁반만 한 화단에서 벌컥벌컥 냉수
들이마시고 소생했다.

연탄가스에 동치미 국물 들이마시던 우리들과 같
이 네 키도 쑥쑥 자랐다. 석양이 꽃물처럼 번지던
날, 너의 열매 붉어지고 골목을 단숨에 달려가던 우
리 심장도 부풀어 올랐다. 등화관제 속에서도 서로
의 눈빛만 총총히 빛나던 날, 천장에서 쥐들이 비밀
스레 웅성거리고, 더러는 엿장수도 바꿔 가지 않는
나날, 화단에 묻어놓은 딱딱한 새가 흥건히 비 맞는
꿈에 잠을 깨곤 했다.

대추알은 할아버지 손등처럼 주름져야 제사상에

올랐지만, 중풍에 할아버지 쓰러지신 오후부터 너의 잎새 바래고 줄기 메말라갔다, 서서히 축대 금가고 어느덧 마당 딸린 집도 버려지자, 후루루 열매 쏟아내던 가지, 무수히 빗방울 받아대던 잎들, 감기 걸려 쳐다보면 오돌돌 떨고 있던 줄기, 그대로 남겨두고 우린 떠났다, 네 이력은 거기서 끝이 났지만 옥탑방에 누운 오늘 내 이마 위로 너는 뿌리 서린다, 톡톡 콧잔등 두드리다 시고 단 대추알을 한입에 쏙 넣어준다

나뭇가지 스치는 날갯짓 소리 사이로 개울 물소리 건너간다. 녹다 만 얼음 녹으면 돌아가신 할아버지 석양을 안고 산곡으로 까맣게 걸어가신다. 무너진 화단을 넘어와 너도 올 때처럼 할아버지 어깨에 얹혀 흔들, 흔들거리며 가고 있다.

심장혈관외과 수술실 문

꿈에 잔치를 준비하는지
마당에서 전을 부치고 고기를 삶았다
한 여자가 나와서 좀 들어오라 손짓했다
문득 저 여자가 귀신이란 생각에
못 들은 척 골목을 돌았다
어디선가 나타난 어린 외삼촌이
누나, 같이 가요 배고파요, 팔을 끌었지만
팔을 뺐다, 잰걸음으로 집에 다다라
대문 앞에 멈췄다

어머니가 들어간 수술실
검고 육중한 문으로
환자 몇 명이 살아 나오고
몇 명이 흰 천에 얼굴 덮여 나오는 동안

외할머니와 외할아버지와 할아버지가
하늘에서 수술실 문을 붙들었다

며느리들 뱃속에서 재학이와 콩이가 문을 찼다
헤어진 해피와 뽀삐, 복슬이와 바둑이가 짖어댔다
두고 온 유도화, 동백, 용설란, 난초가 빳빳해졌다
먹구름에 햇빛이, 빗방울에 눈보라가 들이치자
그제야 얼굴 노란 가족들이 문에
들러붙었다, 어머니가 마지막 힘을 보탰다

두근, 두근대는, 녹슨 집 대문

문상(問喪)

이 옷은 내 결혼식 때 맞춘 양복
아흔이 가까운 할머니 때문에 고른 검은색
옷을 걸치고 신혼여행을 다녀왔다
명절 쇠거나 점잔 빼야할 때
입을 옷 마땅치 않을 때
이 옷을 입었다

문상을 다닌 것이다
첫돌 맞은 아기
갓 졸업한 후배
팔순잔치 노인까지
어디론지 곧 가야 할 사람들과

산목련 털복숭이 꽃뭉치
퍼런 보리 물결 만경평야
흰 눈 날리는 북한산에게 미리
명복을 빈 것처럼

이 옷을 입고 있는 동안
나도 내가 아니다

사라지는 모든 것들을 향해
눈물 흘리고
두 번 절하고
애도의 말을 건네기 전에
영정사진 속에 어색하게
마주 웃고 있다

비행접시?

비행접시 나타났다는 소문이 돈다. 희미하게 둥근 비행접시 사진이 신문에 나온다. 정말 외계에서 온 접시일까, 순식간에 사라지는 거대한 하얀 접시일까 생각하는 사이 벌써 집에 도착. 버스만 타고 다니는 나는 비행접시를 믿지 않는다.

골방에 들어가자마자 잠을 잔다. 꿈속에서 비행접시를 떠올리지 않는다. 비행접시가 출몰했다는 경기도 가평 하늘 근처를 기웃대지 않는다.
그러다 혼곤히 잠을 깬다. 스위치를 누르자, 둥근 형광등이 깜빡, 깜빡거리다 켜진다. 등이 켜지는 동시에 한 여자가, 흰 면도칼 위에 올라선 한 여자가, 가늘게 휘청거리다 고개를 떨어뜨린다. 재빨리 불이 꺼진다.

소문은 끊이지 않는다. 유사한 물체가 이번엔 강원도 상공에 나타났지만, 아깝게도 촬영엔 실패했다고. 신문을 뒤적이면서, 정말로 외계에서 온 접시가 순식간에 사라지는 접시일까, 아주 엄청나게 단단한 접시일까 되묻는 사이 벌써 밖에 나갈 시간. 버스를 놓치지 않으려고 서두르면서 나는 머릿속의 비행접시를 얼른 외계로 내몬다.

어두운 골목을 빠져나가자 멀리 버스가 달려온다. 깜빡거리는, 거대한 둥근 등.

쥐를 위하여

쥐가 비누를 갉아먹었다
찬장을 뒤진 다음 날이었다
쥐 파먹은 머리를 감다 말고
이놈을 그냥, 하고 분연히 일어났지만
쥐 우는 소리에 바지도 못 추키고
변소에서 뛰쳐나오던 나였기에
마당을 가로지르던 그것을 어머니가
연탄집게로 후려칠 때도
수돗가에서 발만 구르고 있었을 뿐

쥐띠로 태어나
쥐포가 쥐를 눌러 말린 건지 알던 시절
그것은 안방 천장에서 이불로 뚝 떨어지거나
꽃 핀 하수구에서 불쑥 고개 내밀고
쥐약에 비명횡사한 바둑이를 애도하기 전에
공산당이 되어 포스터에 등장하였다

언젠가부터 쥐보다 사람을 무서워하고
사람에 치이고 쫓겨 다니면서
발바닥에 쥐 나도록 달리는 동안
그것은 아예 꼬리를 감추었지만
쥐구멍에 볕들 날 기다리는 누구나
세상에 대고 찍소리 한번 못 내고
고양이 앞 쥐걸음하긴 마찬가지

그러다 어느 날 새끼 쥐가
뱃속에서 꿈틀대기도 한다
산부인과에서 초음파검사를 받는다
아주 발갛고 건강합니다, 의사에게
철분제를 처방받는다, 이제는
쥐가 머릿속까지 기어들어가 찍찍거린다
자라나는 이빨을 갈아대느라 떠오르는 대로
아무 생각이나 갉아먹는다
쥐가 갉아 치운 생각들이 쥐약에 취해

제가 쥐인지 바둑이인지 우왕좌왕

연탄집게가 정수리를 탁, 내리친다

꽁까이

1980

박성훈

꽁까이꽁까이, 꽁까이 아저씨가 왔다 숨바꼭질하
던 아이들도 뛰어나온다 꽁까이꽁까이, 아이들 깔
깔깔 에라이 미친 꽁까이야, 한 아이 돌팔매질에 아
저씨 달려든다 꽁까이꽁까이, 아이들 넘어지고 뒹
굴면서 꽁까이 잘도 도망간다

아저씨 월남에 가서 꽁까이 배웠단다 아저씨 고
향에 돌아와서 미쳤단다 무시무시한 베트콩 귀신이
들렸단다 꽁까이꽁까이, 아저씨 어느 날 사라졌다,
주정뱅이 영찬이 아버지도 술 끊었단다, 너도나도
몸조심, 나도너도 몸조심, 어른들 수근댔다

저물녘 동네에 애국가가 퍼지면 동해물과 백두산
이, 백두산은 못 봤지만 저 동해물 곁에서, 숨바꼭
질하던 아이 숨다 말고 술래 하던 아이 찾다 말고
국기에 대한 경례, 노을빛 하늘 아래 자랑스런 태극
기 앞에 마르고 닳도록……

소지(燒紙) 외 2편

임석재

바람을 모아 촛불을 당기고
한을 모아 향불을 피우고
죄를 살러 재를 날린다.

사방팔방 흩어졌다 모아지는
여덟 구멍에서 피어나는 피리 소리
애 애 절 절 애 애 절 절
온몸도 사그라질 즈음,

노송이 산채를 이고
두타사에서 두타사까지
옹이마다 등불을 밝힌다.

산결

가랫재 막 넘어온
뭉게구름 머리에 받쳐놓고
젖가슴 훤히 드러낸 채
앉은 할매,
누군가 지나며 나무라자
슬며시 스며든 곳에서,
꽃대가 흔들린다
나비가 나풀거린다
보랏빛 참꽃 찍고,
연분홍 참꽃 찍고,

살내음 진동하는 산길이
한결 부드러워진다.

촛불

소 키우는 사람이 죽으면
소에게 부고장을 먼저 보내야 한다고
하더라,
나는 나를 부고장처럼 받아 들고 타들어간다.

백악을 타고 1 외 7편

이석철

산을 오르면
온갖 마음들이
내 몸속의 맥을 탄다

봉우리로 능선으로
심박(心撲)의 계곡으로
절벽으로 낭떠러지로

나도 모르는 내 마음의 산을
내려가는 저 마음들을
떠나보내기는 왜 이리 어려운지

잘 가라, 나도 모르는 내 속에서
있지도 않은 내 속에서
갈 길을 가야 하는 그대들이여,

잘 가라,

이 비 그치면
푸른 바람으로 스치자

그대들과 나 사이에서
진진녹의 산맥이 되어
푸른 울림이 되자

노송과 아까시

노송 숲, 솔잎 끝에선
솔바람처럼 차가운 향이 날카롭게 울린다
긴장된 한 걸음씩 산이 되고

땅 마르고 햇빛뿐이라도 살아남는다는 소나무, 허연 겨울 들판에 푸른색을 우려내는 모습만 발그림자 되어 강렬하게 뒤쫓는다. 짙은 향이니 시원한 솔숲이니 지나가는 사람들이 한마디씩 건네지만 걸음마다 무엇인가에 내몰린 듯 흙먼지처럼 부서져 사라진다.

성곽을 내려오다 아까시나무에 찔린 손가락이 아까부터 자꾸 저린다. 소나무를 줄이기 위해 일제가 심었다는 아까시, 척박한 땅에서도 명 질긴 뿌리로 살아남는다는 아까시, 한 백년 원 없는 자기 생을 살다 몸을 다한다는 아까시

(아까시는 자기생존이 강해 집단을 이루고
소나무는 자기생존이 약해 집단을 이루고)

가만히 생각해본다
아까시처럼 살아남으려 노력하는 이를
나는 미워할 수 있을까
나는 그렇게 살고 있지 않은가

가만히 생각해본다
지금 나의 생활을 위해, 나의 생을 위해
누구의 삶을 망치고 있지는 않은가
그렇게 살고 있지 않은가

노송 숲, 솔잎 끝에선
솔바람처럼 차가운 향이 날카롭게 울린다
긴장된 한 걸음씩 오르지 못할 산이 되고

다시 백악의 끝

같은 길
같은 방향

저 나무를 돌면 가방에 짊어진 소리가 지워지고
빈 공간 속으로 숲 소리가 가득 찬다

먼저 걸어온 이의 발끝에선 풀 냄새가 돋았다
당신은 어디를 향해 가던 길인가?

같은 길
다른 방향

살아간다는 것은
저마다의 끝이 있어

이 길인가 아닌가 되돌리기 위한 마음가짐에도
가다만 걸음에도 가고 있는 걸음에도

나 대신 오고 있는 당신에게도
나의 앞에도 끝이 있다

다시 저 나무를 돌면
도시에서 못 벗어난 까치가 요란한 걸음을 운다

화진포

동해선 2

　　들어가면 나오는 것이
　나오면 들어가는 것이
세상이지요?

　·

　·

　·

　이 조용한 호수는 김일성 별장도 이승만 별장도
모두 안아주고 있었습니다. 철책선 뒤 시리도록 파
란 바다는 이미 호수처럼 경계를 갖고 있지 않았습
니다. 그러나 사람들은 철책 밖으로 고기를 잡으러
나가도 철책 안에 갇혀 있고, 고기를 잡아 들어와도
철책 안에 갇혀 있었습니다.

　안과 밖을 종잡을 수 없는 바다
　이념도 생활도 녹아버린 갯가
　그마저도 지운 모래밭

이 작은 모래알들은 어떻게 알고 민물과 갯물이
만나도록
닫히고 갇힌 모든 것들이 만나
숨을 쉬고 심장을 열어
거짓과 거짓을 흘러가게 하는지요

누가 아는지요
철책에게, 너는 아느냐 물어도 가시 돋는 침묵일 뿐
누가 아는지요
끊이지 않고 솟구치는, 저 속 깊은 움직임이 어디
에서 시작하는지

누가 아는지요
물어보는 사람마다, 모두 그냥 웃고만 있었습니다

민물도 갯물도 모두 물이라는
웃고 있는 사람들,

웃고 있는 물뿌리들,
웃고 있는 갯트임*들

* 바다의 일부가 떨어져 나가서 생긴 석호(潟湖)에서 민물과 갯물이 만나
  는 현상.

상도동 마지막 철거촌

1

바람이 세차게 불어오던 겨울
빈 가로등 옆으로
지난 불빛만이 나풀거리고
쓰러지다만 담벽,
곪아 터진 눈덩이들이 녹아 흐른다

검은 눈을 껌벅이며
지나치는 사람들의
낡고 지친 발걸음들을
토해내고 있는 골목길

2

모래 탑에 꽂힌 깃발이 주변을 쓸어내는 손길에
넘어가면 술래가 되었다, 모래성 놀이처럼 쉽사리

망루는 기울어져갔다, 망루 위에서 사람들은 복면을 쓰고 분뇨와 화염병을 던지고 있었다, 아랑곳없이 철거 용역들은 쇠 파이프를 휘두르며 망루의 밑바닥을 헤집었다, 모래성이 무너지면 아이들은 으레 술래가 된 아이에게 돌림빵을 날리거나 노예처럼 부려먹었다

포클레인이 화염병 세례를 받으며 담을 허물었다, 퍼 올린 지게 날카로운 이빨 사이로 갈가리 찢긴 옷가지며 가재도구들이 핏물처럼 떨어졌고 사람들의 가슴도 한 삽씩 퍼지는 듯 주위 사람들은 가슴을 부여잡고 부르르 떨고 있었다

우연히, 술래가 되는 날이면
새파란 하늘이 등 위로 아이들의 발자국과 함께
꽉꽉 꽂히곤 했다, 오늘도 그날처럼
새파란 하늘이 가슴에 꽂혔다
아주 시퍼런

3

햇빛이 산동네를 훑으며 내렸다
무너진 망루 잔해는 발견되지 않고
형체를 알아볼 수 없는 골목은
터진 핏줄처럼 들리지 않는 신음 소리들을 쏟아
내고 있었다

골목길 어귀, 쓰러진 나무,
찢겨진 둥지, 날카로운 돌풍,

상도동 철거촌,
빈 언덕을 채우며 채울 둥지 없는 집으로
지난밤 노랫소리 구호 소리 모두 향하고
피지 못한 꽃망울들만이 골목길에 어지러이 짓
이겨져 있다.

절창

1

25년 된 서울 변두리 무지개아파트
벽틈 사이에서 짙은 어둠이 몰렸다
방바닥에 누워 TV를 켠다

복도 끝으로 뛰쳐나가는 술 취한 발소리도
301호 아줌마의 짜증 섞인 목소리도
해 밝은 창에 깊은 어둠으로 몰려온다

7시 15분, 아나운서는
신용불량자들이 고층 아파트에서 몇 명이 뛰어
내렸는지,
카드빚에 쪼들린 부적응자들이 은행을 털리라 중
얼대고

마감 임박, 마감 임박

홈쇼핑 구호 소리에 다시 잠에 빠져들다 어느새
창백한 10시,
　출근할 길이 없는 젊은 구두는 무엇을 또 신어야
하는가

　허기진 하루는 내일처럼
　이렇게 담배 연기로 지워질 것을
　녹슨 베란다에 기대어 생각해본다

　한 모금 빨아들일수록
　녹슬어가는 하루

　2

　베란다에 묻은 녹덩이를 털어내며
　꽁초를 튕긴다, 플라타너스
　기둥 속으로 떨어지는 꽁초

꽁초 튕겨진 자리에선 매미가 보인다
여름 내내 울어대던 매미였을까
껍질만 남은 채 나무를 부여잡은 매미

무심코 쳐다본 빈 껍질에선
짧지만 짧지 않은 삶이 흔들린다,
갑자기 큰 소리가 내 빈 껍질을 울린다.

능소화

아내에게

돌탑의 맨 꼭대기
마지막 돌을 쳐다보다
당신을 향한
돌탑이 되었으면 좋겠다 생각했습니다

—순간 보이는 저 꽃,

탑사의 돌탑처럼
암마이봉*을 붙들고 오르는

점 점 점 점
당신을 향해 피어오르는 꽃

* 마이산은 수마이봉(아비봉)과 암마이봉(어미봉)으로 나뉘어 사이좋게 서
  로를 바라보는 형세다.

백사실 계곡

미안
문자도 전화도 모두 못 받았어
안 받고 싶었던 것이 아니라
잠시 가던 길에서 벗어나 헤매면
좋지 않을까 생각하다 버스에서 내렸어

세검정에서 잠시 서 있다
지금은 이렇게 좁은 사천계곡이
그때는 그렇게 넓었다고 생각하니
그래서 인조반정 때 칼을 씻었다고* 하니
정신이 아찔했어

우리가 지나왔던 길들에는 그렇게
칼부림 후의 피들이 씻겼구나
피들은 씻겼어도 보이지 않는 피들은 남았구나

계곡물을 따라 거슬러 올라가다

네 부재중 통화 기록을 보았어
어디냐고 묻는 네 문자도 보았고
햇빛이 쨍쨍한 대낮인데도
내 핸드폰은 너무 어둡고 보이지 않더라

잠시 거슬러 올라간 언덕길 위로
깊은 물소리가 온몸을 흔들고
차 소리도 핸드폰 액정도 모두
밝아지면서 환하게 사라졌어

좋더라, 아담하고 소리도 깊고
문명의 옆에서 그런 가느다란 계곡이
깊게 비껴나 있어서

우리 삶도 그런 듯해
돌아오더라도, 잠시 비껴설 수 있다면
그래서 잠시나마 백석동천**을 마음속에

품을 수 있다면, 좋더라

미안, 문자도 전화도 못 받아서

---

* 인조반정(仁祖反正) 때 이귀(李貴) · 김류(金?) 등이 이곳에 모여 광해군의
  폐위를 모의하고, 거사 후 이곳의 맑은 물로 칼을 씻었다는 설이 있음.

** 서울 종로구 부암동에 위치한 백석동천 유적은 조선 시대 별장 유적인
  백사실과 함께 사적 제462호 지정되어 있다.

후등 외 4편

장윤서

선등을 하고 싶다.
내 생명을 거머쥔
그대를 끊어버리고
죽음과 겁 없이 대면한 나를
절벽에 자유롭게 풀어놓고서.
안전벨트가 너무나 편안한 후등은
이제는 그만하고 싶다.

가진 게 없어
두려운 것도 없다.
후등은 부끄러운 게 아니며
언젠가는 선등을 해야만 한다는 것도
알고 있다,
알고는 있지만
이 모든 사실은
절벽을 대하는 순간마다
허무하게 추락해버린다.

자유보다는 그 알량한 쾌감을 맛보기 위해
선등을 하고 싶다는 생각을 할 때에도
내 위에는 항상
그대가 있었다.

나는 항상 두려웠던 것이다.
그대를 쫓아만 가는 내가
언제나 부끄러웠던 것이다.
앞서 가는 그대 때문이 아니라
나 때문이다
절벽이 더 높아지고
두려움과 부끄러움이 더 솟구치는 건
나 때문이다.
바로 나 때문이다.

인수봉 고독길
그대가 보이지 않는다.

고독은 선등에게만 오는 것인가.
그대의 무한 애정이
팽팽하게 전해져오는 로프.

나는 더 악착같이 매달려본다.
그대의 무한애정을 애써 외면해보려고
허무하게만 추락하고 있는
나를 끌어주려고.

부처 1

잔물결 넘실대는
불영사* 연못
부처님 그림자
바람에 흔들린다
보일 듯 말 듯 아른거린다

어디? 저 그림자가 부처?
보살님이 가리키던 돌덩이가?
아니, 이 연못이 부처?

소곤대며 장난치던 비구니들
나를 보고 흠칫 놀란다
서로 합장을 한다
여닫이문 넘는 까치발이 조심스럽다

불영사 처마 매달린 메주들
대롱대롱거린다

* 불영사 서쪽 천축산에 부처의 형상을 한 바위가 있어 그 그림자가 항상
  못에 비치므로 불영사(佛影寺)라 불렀다고 한다.

범산(凡山)

고창 덕정리

동네 뒷산

정상은 한 번도 가지 않던 산

친구와 몰래 술 마실 곳을 찾거나

담배를 폼 나게 뿜어보려 할 때

거칠게 잡풀 헤치고 길을 만들며

어르신들 안 보일 때쯤 멈추던 산

이 산 이름이 뭐야?

……범산인가? 호랑이가 많았다네

어르신들도 다 그렇게 불렀대

저 산은? 저것도 범산

저 산도?

범산이래, 다 범산이래

이름 모르면 다 범산

낮아도 범산이래

범산엔 불도 잘 난대

호랑이를 만나도 혀를 놀리며
어여여여 약 올릴 수 있겠다 믿었던 그때
호랑이 똥에서 산삼이 나온대더라
보지도 못한 산삼을 찾는다며
킥킥거리며 발끝으로 툭툭 땅을 팠던 그때

정상이 어디인지도
무엇이 정상인지도 모르는 지금
살아가는 게 뜻대로 되지 않는다
그 뜻도 점점 낮아지고 낮아져
소주 몇 잔으로 달래주는 그런 날에는
나도 범산이 된다

아직도 호랑이를
아직도 산삼을 찾고 있나 보다

적금을 깨고서

아쉬움도 시간 따라 이자가 붙는 걸까
'해지' 도장이 너무나 강렬한
사계절도 못 넘긴 적금 통장

계획한 대로 되지 않는 일상
계절도 정확하게 오가지 않는다고
일찍 찾아온 봄기운을 느끼며 애써 달래보지만
적금 통장에 선명하게 찍혀야 할 작은 꿈들에
자꾸만 자꾸만 손때를 묻혀본다

이 몸뚱이는
그나마 깨지 않았다 위로하며
조금 덜 따뜻한 침낭과
조금 더 값싼 부모님 여행을
원금과 함께 품속에 집어넣는다

배라도 꿈꾸소서

오늘은 삼겹살이라도 먹어야겠다
따로 챙긴 몇 푼 이자가 신이 났다
길 가는 사람들이 행복해 보인다
저 들도 품 안에 무언가가 있는 게다

매화마을*에서

보름달, 차고 아린 맑은 달빛이
밤새도록 매화꽃에 배어들다
동트는 섬진강 봄바람에 살랑 실려
그제서야 한 잎 한 잎
달이 지고 꽃이 피는 매화마을

이날만큼은
이날만큼은
매화 향에 잔뜩 취해
피비린내 못 맡아도 용서됐으면
전쟁이 저 꽃들이고
슬픔도 비극도 다 훌훌 날렸으면

봄보다 먼저 왔겠지요
꽃그늘 아래 있는 두 사람

매화꽃 그늘 아래 있으면

누구나 향 은은한 사연들을 가지나 봅니다

* 전라남도 광양시 다압면 섬진마을. 이 일대는 1894년 동학 농민군 3~4천여 명이 숨졌고 한국전쟁 전후에는 빨치산 활동으로 동족 간 피를 흘렸던 곳이다.

5부 빗방울 새 잎

추억이라기엔 이른 무궁화호 외 6편

한국호

서울-부산행 무궁화호
건너편 좌석
사람만 한 가방에 기댄 아저씨

기차 안 캔맥주
낭만 없이 꿀꺽꿀꺽 넘기고
앞 좌석에 달린 그물 주머니 안에
빈 맥주캔을 구겨 넣으면
천안
열차 안 아이들은 칭얼대고
그물 주머니는 만석이고
듬성듬성 난 수염
벌개진 얼굴로 오징어만 씹으면
대전
덜컹거리며 화장실에 갔다가
문 앞에서 담배를 만지작거렸다가
자리로 돌아와 휴대폰을 열고

제일 힘들 때 생각나는 건 니밖에 없다
내 이제 뭐해 먹고사노
말해봐도 취하지 않는 마음
다시 일어서면
왜관*
네 가고 있습니다. 아니에요.
조금 있으면 도착하는데요. 뭐
고개를 숙이면
물금*

내 집으로 향하는 길 느리기만 한데
아저씨 돌아가는 길 다섯 시간 반은
어디쯤인지
빈 좌석은 늘어가고
해는 넘어가고
이제 부산이 가까워오는데
아저씨 반질거리는 반코트가 구겨지는지도 모르고

아저씨 빈 좌석마다 앉아본다

집에 가자

할아버지의 등 1

바라보면 아득한 푸른 논자리 없고 양계장이 들어
선지 오래다 코스모스는 벌써 폈는데 허리 흔들며
새참 이고 오던 할머니는 다시 오실까 양계장 양철
지붕 위로 늦여름 햇살 사방으로 쏟아진다 그해 할
아버지 등에 메인 은빛 약통에서 나오던 농약처럼

와 따라오노 해도
약 치는 할아버지 뒤에서
치 치 입으로 약 뿌리다 지칠 때면
뒤돌아주던 할아버지
은빛 약통 바라보다 눈이 시린 동생 데리고
논가에 숨어
할아버지 모르게 숨바꼭질하던 땅
아빠는 도장 찍은 종이 내밀며 오지 않고
할머니도 새참 들고 오지 않는데
그늘 질 때까지 집에 가지 않았던
마지막 여름

곧은 등을 세우던 할아버지

　다시 길을 멈춘다 왜 나오셨어요 해도 말없이 앞
서 걷는 할아버지 성큼 앞서지도 못하고 굽은 등 따
라 걷는다 다시 누구의 논이었다가 누구의 양계장
이 되었는지도 모르는 땅 옆에 두고 허리를 편다 그
등에 대고 그때처럼 집에 가자 하고 싶다
　양철 지붕 위로 반짝이는 저 빛 내려앉기 전에 눈
이 시리기 전에

내일은 감 땄으면 좋겠다

할아버지의 등 2

1

달달한 향 나는 열매가 갖고 싶은데
아직 감은 안 된단다
탱자는 가시가 많다 똑 똑 부러뜨려
닿을 듯 닿을 듯 탱자에 손 가는데
허리 피며 감나무 매만지다 밖으로 나온 할아버지
탱자나무 울타리 속에 성큼 손이 간다
할아버지 손에 흰 선 그어지고
탱자가 할아버지 손에서 내 손으로 온다
단단한 감 이제 따도 될 거 같은데
탱자보다 더 달달해져야 한다고
기다려야 한다고
굽은 등 더 굽히며
탱자만 한아름 따다 오늘은
같이 내려가자 한다

2

벼 타작 끝내고 짚단 세우던 아재는
작년에 논 파시길 잘했다고
할아버질 보고 웃는다
한참을 바라보다 할아버지
냄새가 좋다며 탱자 몇 개 내려놓고
아빠한테 탱자 갖다 주고 오자고 한다

마을을 휘이 둘러 농장으로 간다
햇살은 따뜻하고 바람은 차가워지는데
알싸하고 달달해도 못 먹는 탱자
짓무르도록 걷는다
내일은 감 땄으면 좋겠다
내일은 감 땄으면 좋겠다

평택 본정리 논에서

할아버지의 등 3

장화 신은 발 푹푹 빠지며 걷어낸 비닐
한 뼘 모들 등을 굽혀 어루만지시는데
헬기가 바람을 몰고 온다

논두렁 너머 모처럼 빽빽이 앉은 사람들이
물러가라 물러가라 외쳐도
쓸리는 한 뼘 모들
못자리에서 헬기 바라보다
오늘은 안 되겠는지 다시 비닐을 씌우신다

헬기는 시위를 경고하고
그 소리와 함께 떨어진 전단지 걷어내신다
이미 팔아버렸는데
뭐라도 해야 할 것 같아
등 굽혀가며 논에 물 대던 할아버지처럼
천천히
논에 물은 다 들어왔는데

못자리에서 서성이신다

해가 중천이다
물도 콸콸 잘 들어오고
논 아랫목에 모도 잘 컸고
매년 소금 바람도 잘 견뎠으니
모내기는 내일 해도 된다고
자꾸만 모판 덮은 비닐 쥐려는
허리 굽힌 아저씨 등에 대고
아재 아재 불러
집에 가자 하고 싶다

이사

누가 살다간 집에
내 머리칼을 떨어뜨려도
아직 내 집이 아니구나
텅 빈 방 안에 오래전부터 내 것이었던
헌책과 옷을 덩그러니 꺼내어놓고
창문 아래 앉았는데 모퉁이에 남은
책장 그림자, 내 책장을 들여놓으면
더 큰 것으로 저 그림자를 가려야겠구나
그렇게 누군가 썰물처럼 빠져간 집에
남아 있는 누군가의 물결을 지우면서
내 집 내 집 불러보고 싶은데
장판에 푹 꺼진 책상 자국
벽 한쪽 드릴 구멍
지우고 숨겨도
그 사람 키 높이에 맞는 선반
떼어낼 수 있을까 그 사람 떼어내다
쓸쓸해지지 않을까 그 사람 떼어내도

내 집 내 집 부르지 못할까 봐

지금 내어놓은 모습

안아본다

도라지 껍질을 벗기는 엄마

　돼지 새끼가 눈에 밟힌단다 똥 가루가 얼마나 독한데 그서 새끼 받을라꼬 있노 사.사.모.님 오.오.느.을 나.오.올.거 가.가.타.서.허.요 말도 올케 못하는기 또박또박 다 한다 지.집.에 가.아.이.소 조군이 성실하제 요즘 아들 안 같다 요즘 아들이 막사에 들어오면 코부터 막지 장화 신을라 하나 사.사.모.님 며.며.언.년 이.일.하.믄 노.농.장.장 되.느.는.교 욕심도 있다 아 착하고 성실하제 근데 그기 열심히 해도 안 되는기 있다 지도 답답하고 내도 답답하고 먹고 사는 일이 우예 마음 가꼬는 하루 종일 새끼 기다린다고 되는기 아이니까 마 아 착하고 성실하믄 그라믄 되는데……

　야야 니도 벗겨봐라 도라지 껍질이 와 이래 간드라지게 벗겨지노

　국경농장 사모님
　자꾸 생살이 긁혀도

긁히는 대로 살살 하얀 속살이 드러나도
도라지 껍질이 간드라지게 벗겨진다고
도라지 생 냄새에 취해
자꾸 웃기만 한다

봄을 향해

봄을 좋아해? 봄 오면 오는 대로 곁눈질한 꽃을 좋아해? 담쟁이넝쿨을 끊어 눈을 받치면 잠이 달아난다고 말해줬을 때 당신 삼십 년 전으로 달아났잖아 그때 즐거워 보여서

꽃을 물었어 말채나무 알아? 벚꽃 질 때쯤 하얗게 터지는 작은 꽃 피우는 나무 그거 말채나무야? 큰딸 작은딸 막내딸 데리고 할머니 집 올라가는 길에 있던 나무 하얀 알갱이 피는 나무 이팝나무? 말채나무? 이팝나무? 궁금해 그 나무 아니 그 꽃 좋아하는지 궁금해 아니 아니 그럼 여름 오기 전에 논둑에 핀 주황색 꽃은 뭐지 뭐였더라 산에 피는 건 참나리 논둑에 피는 건 원추리? 맞아 원추리 한 번 얘기해줬어 아니 갑자기 궁금해져서

빨리 폈구나, 할 때 엄마 눈

그 속에 봄 피우고 싶어 꽃을 묻는데

248

뭐든 괜찮다는 당신
봄이 곁에서 맴돈다
누운 자리에서 다시 돼지 막사로 향하는
바람 많은 오늘
당신의 눈길 돌릴 수 없을까
꽃을 향해
이름 몰라도 흩날리는 꽃에 마음 빼앗겨
내일 시집가는 줄도 잊었던
봄을 향해

누군가 오고 있는지 외 6편

도두리에서

오하나

들길을 걷는다
동네 개 두 마리가 앞서가며 쫓아온다
개들이 풀섶을 뒹구는 사이
동네로 돌아서면
길을 가득 메우는 바람 소리
숨죽이는 논둑의 풀들
누군가 옛집 앞에 앉아 있는가

함께 버티다 떠났다는 아저씨
이사 가고 얼마 뒤 어머니가 사라지셨다고
찾다 찾다 와본 동네
그 옛집 앞에 앉아 계시더라는데
어머니 모셔다 드리고 다시 와
논 모퉁이에 서 계시던 아저씨

아이들 앞세우고
동네 개들 데리고

아저씨 이 들길을 걸으셨나
집 앞에 나오신 할머니
들길 사이
아들이랑 손자를 바라보셨나

아이들 소리 멀어지고
바람 소리만 들린다
동네를 떠난 길이 동네로 향하는 사람들
이 들길 따라 어디서
누군가 오고 있는지
동네로 돌아서면
바람 소리 길을 가득 메운다
그 집 그 논 앞에 누구 앉아 있는가

깻모

대추리에서

할머니 따라 깻모하러 간다

당숙네 떠나고 작음마네 떠나고 빈집 텃밭에 깻모를 하는 할머니

대문 열고 들어서면 뜯겨진 문에 버려진 살림살이들

마당에는 잡풀이 무성하다

땡볕 받으며 한나절

낫으로 베고 소시랑으로 꾸미고 호미로 심는 동안

물고랑 바르게 난 밭이 되었는데

가지런히 심은 깻모들 옆에서

무슨 생각하시는지

부르는 줄도 모르고

팔뚝에 피가 철철 흐르는 줄도 모르고

빈집 텃밭에 앉아 깻모하는 할머니할머니

가을이 오면

대추리에서

대문이 열려 있다. 밭일 가셨는지 대답은 없고 빈집에 앉아 기다린다. 가을에 떠난다고 했는데 제비집이 비어 있다. 제비들 어디 갔나 찾는 사이, 할머니 오시고 전깃줄에 나란히 앉은 제비들도 보인다. 나간다고 도장 찍고 밭에만 가시는 할머니. 빨리 떠나야 한다면서 작음마네 떠나고 남은 밭을 놀리지 못하신다. 다친 데는 어떠신지 전에 한 깻모는 잘되었는지 물으면 늦었는데 자고 가라고. 제비가 새끼를 다섯 마리나 깠으니 길조라고. 여기 나가서도 잘산다는 길조라고. 할머니와 앞마루에 앉아 제비집을 올려다본다. 올해가 마지막인가 싶어 치게 두었다는 제비집. 그날은 아직 먼 것만 같은데 떠날 준비 해야 한다.

가을이 오면 동네에는 빈집이 하나 는다.

등을 대고 앉아

처음 보는 할머니
등을 밀어드리고
할머니 돌아서 내 등을 민다
등 밀어준다는 손이
목덜미도 밀고 팔뚝도 밀고 엉덩이도 밀고
등이 점점 넓어진다
할머니 매운 손때에
쓰라린 등을 대고 앉아
내 등 미는 그 손을
속으로 잡아본다
할머니 손은 왜 이렇게 매운지
할머니 손 따라
나의 할머니 할머니들 만나고 돌아오면
매읍게 밀어주는 손에
아프다는 말은 못하고
꾹 등만 내민다
비누칠 해주고 할머니는 돌아앉아도

그 손 놓지 못하고
등이 화끈거린다

북해도에서 1

아줌마 태어나기 전
어머니 현해탄 건너오시던 때 이야기
쑥떡 먹으며 아줌마 이야기 듣는 사이
창밖은 온통 흰 눈에 덮인다

눈이 온다 어머니가 기다리던 기차가 오고
집 잃은 아이들이 온다

역에서 며칠을 함께 보내며 정든 아이들
데려가 달라고 쫓아오는데
언제 돌아올지 모르는 길을 떠나는 어머니
가진 주먹밥을 다 꺼내 아이들에게 주신다
현해탄을 건너려는 사람들을 싣고
기차는 가고 아이들은 멀어진다

눈이 쌓일수록
어머니와 아이들이 살던 곳

바다 건너 내가 온 곳을 향해 가는데
이야기 끝에 눈빛 흐려지며
아줌마는 먼 곳을 바라본다
바다 건너 먼먼 곳에서
눈이 온다

북해도에서 2

아줌마 어릴 때 먹던 계란찜에는
밀가루를 넣었단다
밀가루는 왜요? 모르고 묻는데
아줌마는 웃으며
식구가 많아서 그러셨을 거라고.

같이 가요,
걷다 보니 멀리 왔나
아줌마는 괜찮다며 나를 보내고
눈발 사이로 멀어진다

눈 내리는 저녁
아빠랑
엄마랑
아이들이
가득 부풀어 오른 계란찜을 먹는다
진주에서 북해도로 온 아빠는

진주 생각나는데
밖은 눈보라
길도 집도 지우는 눈보라

아줌마 멀어진 길로
눈도 얼어붙던 밤들이 온다
거칠어지는 눈발
시린 눈이 뜨겁다

핑링화의 환풍기

중국 식당 핑링화. 오늘은 림 씨와 환풍기를 닦는다. 선반을 밟고 풍기구 안으로 들어간다. 천정 높이 있던 환풍기가 눈앞에 있다. 세제를 뿌리고 철수세미로 문질러도 떨어지지 않는 기름때. 환풍기 저쪽에서 자동차 소리 사람들 소리 들려온다.

옆에 있는 림 씨를 본다
내 것보다 훨씬 큰 환풍기
맨손으로 기름때를 벗기고 있다
장갑을 내밀자 돌려보내고
기름때를 뭉쳐 먹는 시늉을 한다
나는 처음으로 크게 웃는다
중국말을 모르는 내게 길림이 고향이라는 림 씨
하고 싶은 얘기가 많은 것 같은데
풍기구 안 말 없는 림 씨와 나
마주치면 웃기만 한다

다시 환풍기를 닦는다. 림 씨의 하지 못한 얘기들 따라가면 그가 온 길림이고 내가 온 서울일까. 세제를 뿌리고 철수세미도 바꿔 쥔다. 기름때 떨어질 때까지 세게 문지른다.

엄마와 밭 외 6편

김연광

아파트 공동밭은
403호 밭 세 걸음 지나 503호 밭 지나 702호 밭
세 걸음 걸음마다 층이 다르다

엄마 아줌마들 배추애벌레 골라내며 웃고 떠들다
쉬쉬댄다 근질근질 속삭이는 말로 골라낸 아파트
사람들이 나온다 사람들은 다 아는 얘길 애벌레 들
을까 쉬쉬

고향 넓고 긴 고추밭에
고추 따러 들어간 엄마가 보이질 않는다
엄마, 엄마 물 대접 들고 부르면
어느 이랑엔가 불쑥 일어나는 엄마
고춧대 사이에 앉으면 나는 멀어지고
먹먹한 길에 앉아 엄마가 고추를 따고 있다

4층 창문에서 엄마, 엄마 부르는데 아줌마가 대

답한다 웃는 엄마 아줌마들 물 한 대접 가지고 오라
고 나를 부른다
　물 대접 들고 이랑 넘고 이랑 넘어 간다

겨울밤

겨울마다 그 자리쯤 땅을 파면
칡뿌리가 있다 숨겨논 것처럼
땅속 뿌리는 자리를 기억나게 한다
긴 칡뿌리
긴 긴 겨울밤

밖은 길이 어두워
오가는 이 없고 바람도 얼어붙는 밤
뭉뚝 뭉뚝 자른 칡뿌리를 손마다 들고
입김으로 결결이 웃풍을 덥히며
밤을 이어 간다

칡넝쿨 휘휘 나무에서 나무로 옮겨 나는
긴 겨울밤

장마

시속 60킬로미터로 달리다 내리막을 만나면
기름이 아닌
8톤의 무게로 가는 트럭

파업하는 동료의 계란 세례를 피해
과중 단속 경찰을 피해 달리는
국도의 좁은 도로는 고르지 못하다
짐칸 덜컹 덜컹이는 소리와 엔진 소리가
정적을 채우다 내리막을 만나면

엔진은 꺼지고 짐칸은 온몸으로 속도를 낸다
이제야 입을 여는 그와 앞 유리로 들이닥치는 빗
줄기
길을 내는 말소리 빗소리

비가 와 부딪히니 속도가 나는 것 같다고
이 무게론 미끄러지지 않는다고 걱정 말라며

그는 중립으로 간다

비가 내려 더 불빛이 아스라이 멀다
벌이가 늘어도 쉴 수 없는 그가 원망도 농성도 없이
중립으로 가는데 비 오는데

봄, 바람

엄마 없는 아인 간장 조린 내가 났다

간간히 끼쳐오는 냄새는 봄도 여름도 마구 지났다

아이는 상쇠가 되어 꽹과리 치며 빙빙 돌며 흥겹게 자랐다

아이가 풀어내는 달팽이바람네모ㄴ자모양 꼬리를 따라 따라간다

꼬깃꼬깃 접힌 아이의 어눌한 아빠가 풀어져 나가고

옻오른 벌건 볼따구로 계절을 이겨낸 아이에게 옮아 형이

풀어져 나간다 풀어낸 만큼 아이의 자리를 지키고 있다

아이 뒤에서 북을 친 날이면 냄새가 잠자리까지 따라왔다

모두가 끝나고 집으로 가면 아이의 쇳소리는 무엇으로 이어졌을까

더 조려낼 수 없던 냄새가 사라지고 나면
아무것도 풀어낼 수 없는 아이가
무엇으로 자라났을까

이 봄, 바람에 장단이 인다

파꽃 문지르다

사실 파꽃은 무겁지 않은 거야 손으로 비비면 날아가 버리니까 파속이 비어 있다 그럼 믿겠지 고추꽃 오이꽃 깨꽃 팥꽃 비하면 사치도 그런 사치가 없지만 파꽃 좀 봐 피기 전에 파꽃만큼 힘을 모으는 꽃이 어딨겠어 파꽃은 펑하고 터진 거야 얇은 막 덮고 촛대처럼 서 있다가 펑. 아슬아슬하지 사치도 그런 사치가 없지만 파꽃 좀 봐

밥때마다 쪽밭에서 파 심부름
분지르는 속이 꼬일수록 끈적진 게 묻는데
흙에 문지르다 파꽃에 문지르다 펑
펑 터지는 파 냄새 파꽃 냄새

이발

　명절날 미용실 다니는 사촌 언니가 와 머릴 해주면
　괜히 긴장이 됐다 엄마의 무딘 가윗날이 아닌 날
선 가위

　큰집 마당 한가운데 놓인 의자 마당에 쌓이는 가
족들 머리카락 목이 잔뜩 움츠려드는 바리깡 윙윙
소리 순서대로 깎고 대문을 나서면 목 뒤로 휑하니
불던 바람

　이제 일자 단발머리 자를 일 없는데
　얼마 만인가 가위 든 엄마 앞에 조카가 앉아 있다
　조카는 분홍 보자기 묶고 재밌어 하더니 가위질
소리에 운다
　미용실에선 얌전히 있으면서 울다가 결국 엄마
품으로 파고든다

　할머니가 얼마나 반듯하게 자르는지 너는 몰라

할머니가 얼마나 조심조심 자르는지 너는 몰라

매미 선물

민주야 이거 봐라
손수건에 싸 온 매미 두 마리 장판에 파드닥댄다
조카는 놀라서 발을 동동 구르며 울고
아빠도 놀라서 매미 날갯짓을 멈추려고 포갠다

술 한 잔에 날도 얼굴도 붉어진 아빠
자전거 타고 가로수 퇴근길을 지나다
매앰 우는 소리에 멈춰
한 마리를 손가락으로 집는다

나머지 한 마리 찾는 손은 작고 어려서
매미 소리 따라 이 나무 저 나무 살피고 있다
눈 껌벅이다 나무껍질 껍질 같은 매미 찾고선
숨소리도 멈추고 표정도 멈추고
힘 잔뜩 들어간 손바닥을 포갠다

호주머니 속 매미가

온몸으로 아빠와 떨릴 때 시간도 거리도 없고
여름만 있다

빗방울화석 시집 일곱 번째
산상초원

초판 1쇄 인쇄 2009년 10월 23일
초판 1쇄 발행 2009년 10월 29일

지은이 빗방울화석(윤석영 외)
펴낸이 조재형

펴낸곳 도서출판 빗방울화석
주소 경기도 파주시 교하읍 문발리 파주출판도시 535-7
전화 031-955-4417   팩스 031-955-4418
전자우편 raindrop_1@naver.com
블로그 http://blog.naver.com/raindrop_1

등록 2004년 12월 13일(제300-2006-188호)

ⓒ 빗방울화석, 2009
ISBN 978-89-9600353-3 03810

* 이 책 내용의 전부 또는 일부를 재사용하려면
  반드시 저작권자와 출판사 양측의 동의를 받아야 합니다.
* 책값은 뒤표지에 표시되어 있습니다.